Nadja Fendrich
Die Vampirschwestern black & pink
Nachteulen im Museum

Alle Abenteuer der Vampirschwestern black & pink:

Band 1: Halbvampire wider Willen
Band 2: Vollmondnacht mit Fledermaus
Band 3: Sturmfrei zur Geisterstunde
Band 4: Wolfsgeheul um Mitternacht
Band 5: Nachtflug mit Oma
Band 6: Nachteulen im Museum

die Vampirschwestern black & pink

Nachteulen im Museum

Geschrieben von Nadja Fendrich
nach einer Idee von Franziska Gehm

Illustriert von Dagmar Henze

Band 6

Loewe

www.vampirschwestern.de

FSC
www.fsc.org
MIX
Papier aus verantwortungsvollen Quellen
FSC® C018236

ISBN 978-3-7432-0334-1
1. Auflage 2019

Umschlag- und Innenillustrationen: Dagmar Henze
Umschlaggestaltung: Ramona Karl
Printed in the EU

www.loewe-verlag.de

Inhalt

Muffellaune im Miniauto

„Hmpf, wann sind wir endlich da?“, maulte Daka.

„Autos sind so unbequem“, meckerte ihre Schwester Silvania.

Die beiden Zwillinge waren Halbvampire und lebten in der unterirdischen Vampirstadt Bistrien – Auto fuhr dort niemand. Entweder man flog, hängte sich an eine Transportleine oder fuhr mit der Sargbahn.

Autos waren etwas für Menschen. Elvira Tepes, die Mutter der Vampirschwestern, war ein Mensch. Und sie hatte sich für die Fahrt nach Deutschland ein Auto gemietet. Ein altes rostrosarotes Auto. Eine

Rostlaube, würde Elviras Vater sagen. Opa Gustav Wagenzink führte ein Autohaus und versuchte schon lange, der Familie Tepes ein Auto zu verkaufen. Für einen sehr guten Preis natürlich. Aber Mihai Tepes, der Vater der Vampirschwestern, wollte nicht mal ein geschenktes Auto.

Opa Gustav verstand das überhaupt nicht. Ein Mann braucht doch ein Auto! Fahren heißt frei sein! Das war sein Motto. Aber er wusste auch nicht, dass Mihai ein Vampir war und dass sein Motto lautete: Fliegen heißt frei sein!

Mihai hatte Elvira und den Zwillingen angeboten, sie zu Opa Gustav und Oma Rose nach Bindburg zu fliegen, doch Elvira hatte abgelehnt. Sie wollte mal wieder etwas *Menschliches* machen. Auto fahren zum Beispiel.

Verträumt sah sie auf die nächtliche Straße. Ihre Augen funkelten wie die Sterne am Himmel. „Papa hat recht. Fahren heißt frei sein! Nur wir drei, die Straße und die Nacht. Ein echtes Abenteuer!"

„Mama, es ist ultimo langweilig. Und ich habe die ganze Playlist von *Krypton Krax* schon dreimal

gehört. Irgendwann habe sogar *ich* von meiner Lieblingsband die Nase voll. Dürfen wir wenigstens was auf dem Vamplet anschauen?“ Daka zog das Gerät unter dem Sitz hervor. „So ein Fumpfs! Der Akku ist leer!“, schimpfte sie.

„Wann sind wir da, Mama?“, fragte Silvania.

„Bald“, behauptete Elvira, kramte mit der Hand in ihrer Tasche und warf etwas nach hinten. „Hier sind ein paar Knallkäfer zum Knabbern.“

„Mama, wenn ich noch mehr Knabberzeug und

Shnux esse, wird mir ublix. Außerdem ist das nicht gut für meine Eckzähne“, behauptete Daka.

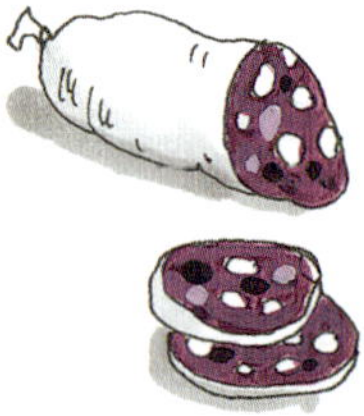

Silvania nickte. „Hast du nicht was Gesundes, Mama? Blutwurstsalat oder Blutorangenschnitzel?“

„Ich würde auch gerne mal frische Luft schnappen“, stöhnte Daka.

Elvira lachte. „Seit wann sind meine Fledermäuschen so vernünftig?“

„Seitdem wir stundenlang in ein Miniauto gesperrt werden. Und auch noch nachts. Wir sind hellwach, wir wollen fliegen und flopsen! Hier kann man nicht mal abhängen!“ Daka schlug wütend nach dem kaputten Haltegriff über der Autotür. Als sie in Transsilvanien in das Auto gestiegen waren, hatte Daka versucht, sich daran abzuhängen, wie es Vampire nun einmal gerne tun. Doch der Griff war abgebrochen und Daka unsanft im Fußraum gelandet.

Mihai hatte sie wieder herausgezogen und den Griff wieder angeklebt. „Haltegriffe in Autos halten nichts aus“, hatte er ihr zugeflüstert. „Ihr könnt aber Kobix dranhängen.“

Kobix war die kleine Fledermaus der Vampirschwestern und Elvira wollte sie eigentlich in Bistrien lassen. Doch jetzt schaukelte Kobix kopfüber an dem Haltegriff auf Silvanias Seite und ließ sich von ihr mit Knallkäfern füttern.

Plopp, plopp, plopp!, kaute Kobix zufrieden.

Pup, pup, pup!, pupste Daka unzufrieden.

„Ih, muss das sein?“, beschwerte sich Silvania mit zugehaltener Nase.

Daka grinste. „Wenn du so sprichst, klingst du wie Greta.“

„Hoffentlich ist sie auch in Bindburg“, meinte Silvania.

Die Vampirschwestern hatten Greta in Deutschland kennengelernt. Sie war die Nichte von Gloria van Dame, die im gleichen Haus wie Oma und Opa wohnte. Greta war ein bisschen anders als die Vampirschwestern. Das lag aber nicht nur daran, dass sie ein Mensch war. Greta wusste alles und meistens wusste sie es auch besser, sie liebte die Farbe Rosa und Einhörner. Daka konnte damit nicht so viel anfangen, während Silvania gerne mit ihr befreundet war. Ohne Greta war es außerdem ein bisschen langweilig in Bindburg.

„Was machen wir denn diesmal bei Oma Rose und Opa Gustav?", fragte Silvania.

„Ich hoffe, Opa grillt für uns!" Daka leckte sich die Lippen.

„Leider hat Opa keine Zeit. Er hat Karten für ein Fußballspiel in Neustadt. Der FC Bindburg spielt gegen die Neustädter Nieten", erklärte Elvira.

„Heißen die echt Nieten?", wunderte sich Silvania.

„Nein, Opa Gustav nennt die so. Manchmal kann er richtig witzig sein, obwohl er beim Fußball normalerweise keinen Spaß versteht." Elvira kicherte.

„Ultimo witzkik." Daka verdrehte die Augen.

„Oma Rose unternimmt bestimmt etwas mit euch. Und mein Kurs geht ja auch nicht ewig", sagte Elvira.

„Wieso willst du eigentlich Künstlerin werden?", fragte Daka.

„Ihr seid jetzt achteinhalb Jahre alt und ich bin seit neuneinhalb Jahren verheiratet mit einem Vampir. Ich lebe in einer Vampirstadt und kümmere mich

um euch“, erklärte Elvira. „Das ist alles sehr aufregend, aber trotzdem ist mir manchmal langweilig. Deswegen will ich Künstlerin werden. Aber ich suche noch nach der richtigen Kunst. Töpfern in Italien war spannend. Diesmal mache ich einen Malkurs. Einen Nachtmalkurs.“

„Einen *Nackt*malkurs? Buäh, das klingt ja ultimo grozliv!“, rief Daka entsetzt.

Noch bevor Elvira etwas sagen konnte, schepperte es. Vielmehr klapperte es. Tack, tick, tock, tack, tatata tick, tack, erklang eine schaurige Melodie. Als würden zwei Skelette Tango tanzen.

„Das ist unser Knochifon!“, rief Silvania und zog einen schwarzen Knochen aus ihrem Rucksack.

„Gib mir das!“ Daka riss ihr das Knochifon aus der Hand. Sie hatten es ganz neu von ihrem Vater bekommen, damit er sie besser erreichen konnte. „Daka Tepes?“, meldete sie sich.

„Boi Noap! Hier auch Tepes!“, hörte man Mihai fröhlich in das Telefon rufen.

„Papa? Tschemu rufst du an?“ Daka drückte auf Lautsprecher und hielt das Knochifon so, dass alle im Auto mithören konnten.

„Ich wollte mal hören, wie es bei euch so läuft. Fährt das Auto noch oder braucht ihr doch ein Flugtaxi?“ Mihai lachte dröhnend.

„Ultimo witzkik“, murmelte Elvira. Wie alle in der Familie Tepes sprach auch sie Vampwanisch, die Sprache der Vampire.

„Die Fahrt dauert ewig, wir sind aber schon in Deutschland“, rief Silvania.

„Wann dürfen wir endlich mal mit dir eine lange Strecke fliegen?“, fragte Daka.

„Bald, moi Miloba“, versprach Mihai. „Aber ihr habt erst mit sechs Jahren fliegen gelernt, ihr müsst noch üben. Vor allem Silvania.“

„Haha, datiboi, Papa“, brummte Silvania und zog eine Grimasse. Aber sie war nicht wirklich beleidigt, denn es stimmte: Fliegen war einfach nicht ihr Ding. Sie ging lieber zu Fuß, und wenn sie ehrlich war, fand sie Auto fahren gar nicht so schlimm wie ihre Schwester. Es war zwar nicht so bequem, aber das Auto fuhr und man musste sich nicht selbst anstrengen. Silvania lächelte Elvira über den Rückspiegel an. Sie ähnelte ihrer Mutter sehr. Sie hatte die gleichen rotblonden Locken, liebte Röcke und Blusen mit Blümchenmuster und war in allem mehr Mensch als Vampir.

Daka hatte nicht nur die tiefe Stimme ihres Vaters geerbt, sie war auch viel vampirischer, hatte schwarze, kurze Haare und liebte überhaupt alles, was schwarz war.

„Elvira, moi Miloba“, sagte Mihai. „Ich bin sehr gespannt, was du für ein Bild mitbringst. Ich finde es zensatoi futzi, dass du einen Nachtmalkurs belegt hast. Nachts ist das Licht besonders schön und geheimnisvoll. Es ist schwarz, blau, dunkelblau, schwarzblau, silbrig durchzogen von Mondlicht, flackernd im Sternenlicht, graublau gegen Morgen …“

„Papa!“, unterbrach Daka die Schwärmerei ihres Vaters. „Wir wissen es jetzt!“

„Ja, also“, Mihai räusperte sich. „Du wirst ein wundervolles Bild malen und eine wunderbare Künstlerin werden, da bin ich ganz sicher!“

„Datiboi, Mihai“, flüsterte Elvira erfreut.

„Die Nacht draußen ist übrigens zensatoi futzi und wäre besser für einen Fugli Noap geeignet als zum Malen“, rief Daka ins Knochifon. „Aber wir sitzen hier zwischen Mamas Farbtöpfen eingesperrt in dieser Rostkarre.“

„Ich kann das Bild von dir schon vor mir sehen, Elvira“, begann Mihai erneut in schwärmerischem Ton. „Es wird bestimmt fantazyca, so wie du, meine Königin der Nacht!“

„Buäh, Papa. Was ist denn mit dir los?“ Daka zog eine Grimasse.

„Wenn ich *Nacht* höre, werde ich eben romantisch, so ist das bei Vampiren. Und ich vermisse meine Töchter und meine Frau“, meinte Mihai.

„Wir sind doch nur zwei Nächte weg, Papa“, rief Silvania.

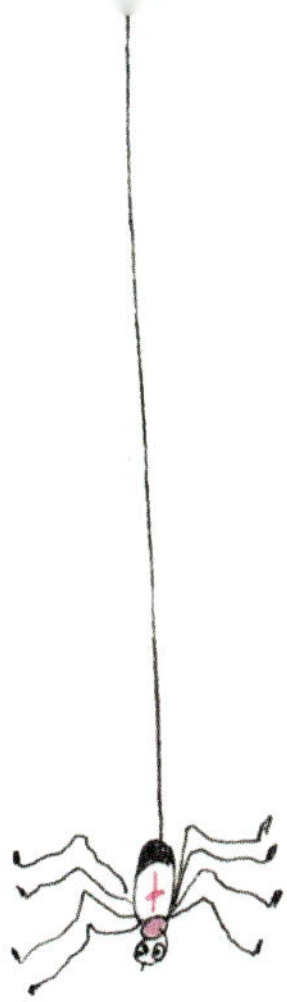

„Bald ist diese Nacht vorbei und es gibt ein schönes Morgenrot.“ Elvira zeigte in den Himmel.

„Morgenrost schmeckt delizioso!“, merkte Mihai an.

Dann schepperte es und das Gespräch wurde unterbrochen.

„Hat Papa gerade behauptet, Rost würde gut schmecken?“, wunderte sich Silvania, nachdem Daka das Knochifon ausgeschaltet und Silvania es sich in ihre Rocktasche gesteckt hatte.

Daka kurbelte das Seitenfenster hinunter und kratzte mit ihrem Zeigefinger an der rostigen Außentür. Vorsichtig leckte sie den krümeligen Rost ab.

„Ultimo delizioso!“, stellte sie fest.

„Das liegt am Eisen im Rost“, erklärte Elvira. „Den Geschmack mögt ihr. Blut hat auch viel Eisen.“

„Dieses Auto gefällt mir auf einmal doch ganz gut.“ Daka grinste und kratzte sich noch eine weitere Ladung Rost ab. „Willst du auch was?“

„Njop, datiboi“, verneinte Silvania. „Bei Oma Rose gibt es bestimmt ein leckeres Frühstück.“

„Sind wir bald da?“, maulte Daka sofort wieder los.

„Ja“, antwortete Elvira.

„Von wegen“, brummte Daka.

„Von wegen ihr könnt im Dunkeln gut sehen.“ Elvira lachte. „Seht ihr nicht das Schild, nur noch 33,5 Kilometer bis nach Bindburg!“

Pipipause mit Panne

„Gleich sind wir da! Nur noch dreieinhalb Kilometer!", jubelte Silvania und zeigte auf das Schild.

„Ich muss mal." Daka krümmte sich in ihrem Sitz.

„Das hältst du noch aus", meinte Elvira.

„Nein, ich muss dringend für kleine Vampire. Bitte halt an, Mama!" Daka verzog das Gesicht.

„Hier gibt es keine Toiletten." Elvira sah hinaus in die Morgendämmerung. „Keine Tankstelle in Sicht."

„Ich mache es wie Onkel Vlad", schlug Daka vor.

Onkel Vlad, der Bruder von Mihai, liebte es, Geschäfte in der freien Natur zu machen, manchmal

unterbrach er dafür nicht einmal seinen Flug.

„Bist du snips?“, rief Silvania. „Du kannst doch nicht beim Fliegen …“

„Außerdem ist Fliegen in Deutschland verboten. Und es wird auch schon hell. Was, wenn dich jemand sieht?“ Elvira fuhr unbeirrt weiter.

„Mama, halt an, pitschko! Rapedadi!“, rief Daka.

„Ropscho, ist ja gut.“ Elvira hielt mit quietschenden Reifen an einer Bushaltestelle. Daka öffnete die Tür und flopste hinter das Bushäuschen.

„Dakaria, flopsen ist auch verboten, denk an die Regeln!“, rief Elvira ihr hinterher.

„Mich Dakaria zu nennen ist noch verbotener!“, hörte man Daka rufen. Sie hasste es, wenn sie bei ihrem vollen Namen genannt wurde. „Flopsen tut gut nach der langen Fahrt.“

Flopsen war eine sehr schnelle Fortbewegung von einem Ort zum anderen und sehr praktisch, vor allem, wenn man dringend musste. Aber Elvira hatte für das Leben unter Menschen strenge Regeln auf-

gestellt, damit niemand bemerkte, dass ihre Töchter Halbvampire waren.

„Ich wiederhole die Regeln sehr gerne für euch", rief Elvira, damit auch Daka sie hörte:

1. Kein Fliegen, schon gar nicht bei Tageslicht
2. Keine lebenden Mahlzeiten, auch keine Zwischenmahlzeiten wie vorbeifliegende Fliegen

„Ja, ja", brummte Daka hinter der Bushaltestelle hervor. Zum Glück sah Elvira nicht, dass sie sich genau in dem Moment eine kleine Mücke in den Mund schob, die um ihre Nase geschwirrt war.

„Delizioso sutzi", murmelte Daka, denn die Mücke hatte ganz offensichtlich vorher jemanden gestochen, der süßes Blut hatte.

Derweil fuhr Elvira mit ihrem Regelvortrag fort:

3. Ausreichend Sonnenschutz
4. Haustiere wie Blutegel, Zecken und Flöhe bleiben in Bistrien. Fledermäuse sind eine Ausnahme!

Silvania streichelte Kobix über den Bauch.

5. Spiegel, Spiegelreflexkameras und Knoblauch sind zu meiden

6. Kein Einsatz übernatürlicher Kräfte, dazu gehört natürlich Flopsen!“

Silvania nickte. „Du hast die Dentiküre vergessen, Mama.“

„Ganz genau, Eckzähne feilen“, sagte Elvira zufrieden.

„Wie lange braucht die denn?“, fragte Silvania und starrte aus der geöffneten Tür.

Flopsch! Daka kam angeflopst. Doch statt gleich einzusteigen, schwang sie sich in die Luft, drehte einen kleinen Salto und landete dann auf ihrem Sitz.

„Skyzati, musste sein.“ Daka grinste.

Elvira blickte stirnrunzelnd nach hinten. „Wozu habe ich denn gerade erst die Regeln aufgezählt? Und deine Eckzähne sind zu lang, Daka. Hast du sie nicht gefeilt?“

Daka verdrehte die Augen. „Mach ich noch.“

„Tztztz.“ Silvania schnalzte mit der Zunge.

„Hast *du* sie etwa gefeilt?“, fragte Daka ihre Schwester.

„Logix!“ Silvania öffnete den Mund und zeigte stolz ihre kurzen Eckzähne.

„Strebix!“ Daka streckte Silvania die Zunge raus.

„Ich bin halt sieben Minuten älter als du und viel vernünftiger“, sagte Silvania wichtig.

„Na und?“, knurrte Daka. „Lieber bin ich siebenmal cooler als du.“

„Bitte nicht auf den letzten Metern streiten“, bat Elvira und wollte den Motor starten.

Krrrrchchcch, röchelte es.

„Oh nein, bitte nicht auf den letzten Metern streiken!“ Elvira drehte erneut den Zündschlüssel, doch wieder sprang das Auto nicht an.

„So ein Fumpfs!“, schimpfte Elvira. Sie versuchte es noch ein paarmal, aber außer stottern tat sich nichts.

„Was machen wir denn jetzt?“, jammerte Silvania.

„Wir fliegen zu Oma und Opa, ist doch klarox!“ Daka öffnete die Tür.

„Nix klarox!“ Elvira schüttelte den Kopf. „Mein Vater leitet ein Autohaus und ich kenne mich ein wenig aus. Ihr müsst mich einfach anschieben, dann läuft das Auto wieder.“

„Anfliegen klingt boibine!“, freute sich Daka und sprang auf die Straße.

Auch Silvania stieg aus und stellte sich neben Daka, die hinter dem Auto in der Luft schwebte. „Wir sollen *schieben*, nicht fliegen“, sagte Silvania streng.

„Das merkt Mama doch gar nicht.“ Daka zwinkerte Silvania zu. „Außerdem hat Papa mir neulich einen Trick gezeigt. Wenn man beim Fliegen ganz doll mit den Beinen strampelt, hat man mehr Kraft nach vorne. Dann kann man auch mal einen Ast zur Seite biegen beim Fliegen.“

„Los geht's!", rief Elvira. Sie startete den Motor und die Vampirschwestern stemmten sich gegen das Auto. Silvania lief und Daka flog.

„Onu, zoi, trosch", zählte Daka, und dann strampelte sie so stark, dass ihr blasses Gesicht fast ein wenig rot vor Anstrengung wurde. Das Auto rollte langsam über die Straße. Es röchelte, stotterte, aber es sprang immer noch nicht an!

„Kobix, willst du uns helfen?", fragte Silvania, als die kleine Fledermaus angeflattert kam.

„Hui, hui, hui", fiepte Kobix und drückte sich gegen die Heckscheibe. „Ui, ui, ui!", schnaufte er.

Die Vampirschwestern schoben und flogen ebenfalls mit voller Kraft, und plötzlich sprang das Auto an, als wäre nichts gewesen.

„Datiboi, Kobix!" Silvania nahm Kobix in die Hand und streichelte ihn.

„Weiter geht's!" Elvira jubelte und ließ die Vampirschwestern mit Kobix einsteigen, bevor sie Gas gab. „Ich sag doch: ein echtes Abenteuer, so eine Autofahrt!"

Nur wenige Minuten später parkte Elvira das Auto

in der Schillerstraße in Bindburg. Es war noch früh am Morgen, aber schon einiges los. Ein paar Schulkinder starrten neugierig auf Silvania und Daka. Ein Junge kam mit seinem Gesicht nahe an die Rückscheibe und starrte die Vampirschwestern an.

Silvania winkte ihm zu, doch der Junge runzelte die Stirn.

„Was hat der denn?“, wunderte sich Silvania.

Daka drehte sich ruckartig zur Scheibe und kurbelte sie runter. Dabei riss sie ihre Augen auf, ließ ihre spitzen Eckzähne aufblitzen und fauchte.

„Aaahhh, Hilfe!“, rief der Junge und rannte schnell mit den anderen Kindern weg.

Daka zwinkerte Silvania an. „Er hat Angst.“

„Warum hast du das gemacht?“, wollte Silvania wissen.

Daka zuckte mit den Schultern. „Ich kann neugierige Menschen nicht ausstehen.“

„So, meine Damen“, sagte Elvira streng, „und ich kann es nicht ausstehen, wenn ihr euch auffällig verhaltet.“

„Wieso auffällig?“, fragte Daka.

„Na ja, du hast deine Eckzähne gezeigt und gefaucht. Das erinnert jeden Menschen an einen Vampir, und ich möchte nicht, dass die Menschen euch für Vampire halten“, entgegnete Elvira.

„Aber wir sind doch Vampire“, meinte Daka.

„Halbvampire“, verbesserte Silvania.

Elvira seufze. „Ja, aber das darf kein Mensch bemerken. Das wisst ihr ganz genau. Und jetzt bitte aussteigen, die Fahrt ist zu Ende.“ Elvira schnallte sich ab.

„Mama, Oma Rose und Opa Gustav wohnen viel weiter vorne.“ Silvania zeigte auf den hohen Altbau ein paar Häuser weiter. „Da sind auch noch Parkplätze frei.“

Elvira drehte sich zu den Zwillingen um und hielt ihren Zeigefinger an die Lippen. „Kein Wort darüber, dass wir mit dem Auto angereist sind. Opa Gustav denkt, wir wären mit dem Flugzeug geflogen und mit dem Taxi gefahren. Wenn Opa Gustav diese Rostlaube sieht, regt er sich nur auf.“

Die Vampirschwestern nickten. Opa Gustav hatte ein schwaches Herz und durfte sich nicht zu viel aufregen. Deswegen hatte ihm auch bis heute niemand verraten, dass seine Tochter einen waschechten Vampir geheiratet hatte und dass seine Enkelinnen zwei waschechte Halbvampire waren.

„Und dich darf Opa auch nicht sehen.“ Silvania nahm Kobix und versteckte ihn im Ärmel ihres Shirts.

Elvira stieg aus dem Auto und lud sich so viel Gepäck auf, wie sie tragen konnte. Silvania und Daka schnappten sich den Rest und liefen hinter ihrer Mutter her, die schon an der Tür stand und mit ihrer Nase die Klingel drückte, auf der Wagenzink stand.

„Ist da der Besuch aus Transsilvanien?“, hörte man Opas Stimme.

„Ja, wir sind es!“, antwortete Elvira.

Es summte und Elvira stemmte sich gegen die Tür.

Im dritten Stock angekommen, stand Opa Gustav in der Wohnungstür. „Da sind ja die kleinen Vampire!"

„Woher weißt du das?" Silvania ließ fast ihre Tasche fallen vor Schreck.

Oma Rose erschien hinter Opa Gustav und wedelte aufgeregt mit den Armen. „Er macht nur Spaß!"

Opa lachte schallend. „Gibt es in Transsilvanien etwa keine Vampire?"

„Äh ..." Daka sah sich Hilfe suchend zu ihrer Mutter um.

„Wie war euer Flug? Haben euch ein paar Vampire überholt?", fragte Opa Gustav.

„Äh ..." Silvania sah sich Hilfe suchend zu ihrer Mutter um.

„Papa, du bist ja heute ein echter Scherzkeks." Elvira drückte ihrem Vater das Gepäck in die Arme und einen Kuss auf die Wange.

„Kommt rein, meine Lieben", sagte Oma Rose. „Gustav freut sich so auf das Fußballspiel und macht einen Witz nach dem anderen. Zum Glück wird er gleich abgeholt."

Opa lachte.

„Schade, Opa, dann sehen wir uns ja gar nicht mehr!“ Silvania umarmte Opa Gustav und küsste Oma Rose zur Begrüßung.

„Das nächste Mal wieder.“ Opa Gustav holte seinen grün-weiß gestreiften FC-Bindburg-Schal und schlang ihn um seinen Hals. Dann nahm er einen Koffer, der schon im Flur bereitstand. „Neustadt ist weit und wir wollen vor dem Spiel noch ins Hotel und auf keinen Fall den Anpfiff verpassen.“

Opa Gustav hob die Hände und sang: „Olé, olé, olé, olé!“ Dann winkte er allen zu und verließ die Wohnung. „Viel Spaß im Museum!“, rief er noch.

„Museum?“, fragte Silvania.

Oma Rose nickte. „Heute ist die lange Nacht der Museen in Bindburg und ich muss für einen Kollegen eine Führung im Großen Museum übernehmen. Ihr könnt mitkommen!“

Die Vampirschwestern sahen sich an.

„Du meinst wohl *langweilige* Nacht der Museen“, motzte Daka. „Als wir das letzte Mal in Bistrien im Museumsk waren, bin ich fast eingeschlafen, aber man durfte sich nirgends abhängen, weil alles wertvolle Stangen von irgendwelchen königlichen Vampiren waren. Und ein gemütlicher Sarg war ausgestellt, aber da durfte man sich auch nicht reinlegen, weil er angeblich von Königin Vampirox der 999. war!"

„Aber ein Menschen-Museum ist bestimmt spannend." Silvania nickte ihrer Schwester zu.

„Es ist das Museum Mensch-Naturkunde-Geschichte. Außerdem geht es erst heute Abend los, ihr könnt also wie zu Hause den ganzen Tag abhängen und schlafen", meinte Oma Rose.

„Das klingt herrlich!" Elvira gähnte. „Mein Kurs beginnt auch erst abends. Ich könnte sofort schlafen nach der langen Fahrt."

„Wollt ihr nicht erst frühstücken?", fragte Oma Rose. „Ich habe ganz frisches Hackfleisch und fette Blutwurst besorgt."

„Zensatoi futzi, datiboi, Oma!", rief Daka und flog in die Küche, wo Oma Rose schon den Tisch gedeckt hatte. Auch Kobix kletterte sofort aus Silvanias Ärmel hervor und flatterte an den Tisch.

„Du bist einfach die beste Oma der Welt!" Daka kaute zufrieden an einer Scheibe Blutwurst.

„Eure Oma Zezci ist doch auch eine tolle Oma“, sagte Oma Rose.

„Klarox“, meinte Silvania. „Aber sie ist immer unterwegs. Dich sehen wir öfter, obwohl du weiter weg wohnst.“

„Und kommt ihr mit der besten Oma der Welt ins Museum?“, fragte Oma Rose.

„Meinetwegen“, brummte Daka. „Immerhin ist hier endlich mal nachts was los!“

„Na dann, Boi Apetit“, wünschte Oma Rose, die ein wenig Vampwanisch gelernt hatte. Sie schenkte Elvira einen Kaffee ein und steckte Kobix eine kleine Fliege ins Maul, bevor er sich frech auf die Butter setzen konnte. Alle kauten zufrieden, bis den Tepes-Mädchen fast die Augen zufielen.

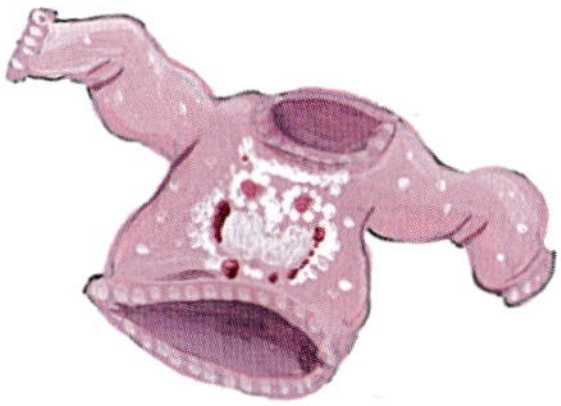

Abhängen

Elvira legte sich aufs Sofa und die Vampirschwestern hängten sich im Gästezimmer ans Etagenbett. Alle drei schliefen sofort ein, genau wie Kobix, der zwischen Silvania und Daka schnarchte.

Silvania träumte davon, in einem kleinen rostroten Auto durch die Nacht zu fahren und dabei Berge von schwarzer Schokolade zu verdrücken. Sie liebte schwarze Schokolade. Neben ihr saß Kobix und pupste. Vorne saß Opa Gustav und fuhr wilde Kurven, wo keine waren. Dabei schwenkte er seinen weiß-grünen FC-Bindburg-Schal aus dem Fenster und rief: „Olé, olé, olé, olé, wir gehen ins Museum, olé!“

Daka träumte davon, mit ausgebreiteten Armen durch die Nacht zu fliegen. Neben ihr flog Elvira, die ja in echt gar nicht fliegen konnte, und rief immer wieder: „Ist das nicht ein Abenteuer, durch diese herrliche Nacht zu fliegen?“ Dabei lächelte sie glücklich und ihre dunkelblauen Augen funkelten heller als die Sterne.

Kobix träumte auch, doch die Träume von Fledermäusen sind schwer aufzuschreiben. Er träumte vermutlich ebenfalls vom Fliegen und wie er dabei eine Menge knuspriger Falter ortete und schnappte. Vielleicht träumte er aber auch von der Autofahrt und wurde von Silvania und Daka mit Knallkäfern gefüttert. Das erklärte auch, warum er beim Schlafen hin und wieder schmatzte.

Elvira träumte davon, wie sie im Kunstmuseum eine große Ausstellung mit ihren Bildern hatte. Sie wurde als große neue Künstlerin gefeiert und die Besucher liebten ihre Kunstwerke, die alle den Titel *Nacht* trugen. Denn sie waren alle schwarz oder schwarz-blau oder grau-schwarz ... Eben wie die Nacht. In ihrer Rede dankte Elvira ihrem liebsten Gatten Mihai Tepes, der sie zu diesen großartigen Werken inspiriert hatte und ihr die verschiedenen Farben der Nacht nahegebracht hatte.

Nur Oma Rose träumte nichts. Das lag daran, dass sie gar nicht schlief. Sie saß den ganzen Nachmittag am Küchentisch und bereitete sich auf ihre Führung durch das Museum vor. Sie arbeitete normalerweise im Bindburger Kunstpalais und kannte sich gut mit Bildern aus. Weil sie über das Große Museum nicht so viel wusste, schrieb sie sich ein paar Spickzettel.

Inzwischen war es schon später Nachmittag und ganz still in der Wohnung, als es plötzlich klingelte.

Oma Rose öffnete die Tür. „Hallo, Greta, wie schön! Deine Tante hat mir gar nicht gesagt, dass du auch über das Wochenende in Bindburg bist.“

„Guten Tag, Frau Wagenzink. Sind Ihre Enkeltöchter ebenfalls da?“, fragte Greta höflich.

„Sie sind im Gästezimmer, warte, ich hole sie.“ Oma Rose schickte sich an, über den Flur zu gehen, doch Greta schob sich mit einem Blick auf Oma Roses Stift in der Hand an ihr vorbei. „Sie sind bestimmt sehr beschäftigt, ich weiß, in welchem Zimmer Silvania und Daka sind.“

„Aber sie schlafen!“, wandte Oma Rose ein, doch Greta lief schnurstracks in das Gästezimmer.

„Huch! Was macht ihr denn da?“, rief sie verblüfft, als sie die Vampirschwestern am Etagenbett hängen sah. Greta wusste natürlich, dass Silvania und Daka Schwestern waren, nicht aber, dass sie auch Vampire waren.

Silvania blinzelte. Als sie Greta erkannte, plumpste sie vor Schreck vom Bett.

Daka blinzelte ebenfalls, blieb aber cool. „Abhängen, was sonst?“, murmelte sie. „Wieso weckst du uns mitten am Tag?“

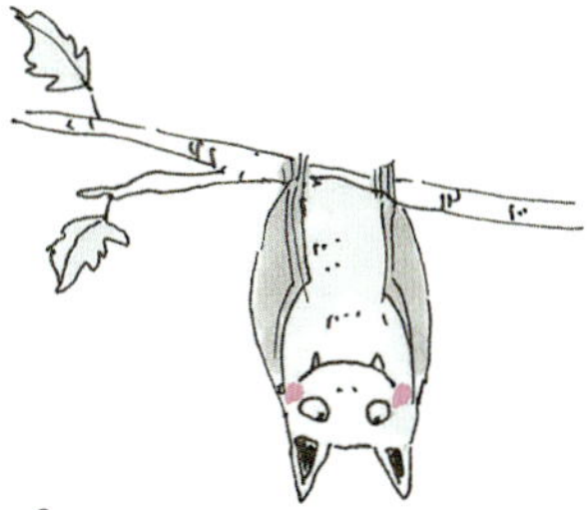

„Äh …“ Greta runzelte die Stirn. „Es ist fast Abend!“

„Sie sind die ganze Nacht durchgefahren“, beeilte sich Oma Rose zu sagen.

„Ich bin von Hamburg hierhergeflogen, das ging sehr schnell“, meinte Greta und ihre Stimme klang verschnupft.

„Du hast es gut. Fliegen ist einfach zensatoi futzi“, brummte Daka. Sie holte Schwung mit ihrem Oberkörper, flog einen Salto und landete auf ihren Füßen.

„Äh …“ Greta starrte sie mit offenem Mund an. „Wie hast du das denn gemacht?“

„Daka ist sehr sportlich“, sagte Oma Rose und sah ihre Enkelin streng an. „Aber du kennst die Regeln, nicht in der Wohnung!“

Silvania hatte sich inzwischen aufgerappelt und fiel Greta um den Hals. „Wie schön, dass du auch da

bist. Schöner Pulli!“ Silvania bewunderte den pinken Glitzerpullover mit der Eule darauf.

„Ich liebe Eulen!“ Greta strich über den Pullover und die Eule wechselte die Farbe.

„Ich dachte, du stehst auf Einhörner?“, meinte Daka.

„Eulen finde ich eben auch süß!“, sagte Greta.

„Wir wollen mit Oma Rose ins Große Museum, kommst du mit?“, fragte Silvania.

„Sehr gerne!“ Greta nickte so heftig, dass ihr blonder Zopf mitwippte.

In dem Moment blinzelte Kobix und verwechselte den Zopf wohl mit einer Schaukel, denn er flatterte fröhlich fiepend auf Greta zu und hängte sich an ihren Zopf.

„**Huch!**“, schrie diese erschrocken auf, doch dann sah sie die kleine Fledermaus. „**Ach**, es ist Kobix.“ Greta kannte das kleine Haustier bereits, denn sie war dabei gewesen, als die kleine Fledermaus zu den

Vampirschwestern gekommen war. Silvania und Daka hatten Kobix beim Zelten im Wald gefunden. Damals war er sehr krank gewesen und die Zwillinge hatten ihn gesund gepflegt. Obwohl sich Greta immer wieder über die Vampirschwestern wunderte, weil sie so anders waren als ihre deutschen Freundinnen, wunderte sie sich schon lange nicht mehr darüber, dass sie keinen Hamster oder eine Katze, sondern eine Fledermaus als Haustier hatten. Warum auch nicht. Fledermäuse waren so schön weich!

Silvania hob Kobix von Gretas Haaren und die beiden Mädchen streichelten ihn.

„Willst du wirklich mit in das langweilige Museum?", brummte Daka.

„Langweilig? Museen sind doch höchst interessant!" Greta legte den Kopf in den Nacken und hielt ihre Nase in die Luft. „Und das Große Museum hat immer wieder sehr interessante Installationen!"

„Echt? Interstellare Stationen? Das klingt ja wirklich coolox!" Daka sah Oma Rose begeistert an, die nur den Kopf schüttelte. „Installationen nennt man Kunstwerke."

„Hmpf, also doch langweilig“, murmelte Daka.

„Neulich habe ich dort mit meiner Tante die Ägypten-Ausstellung besucht. Dort wurde sogar die Büste der Königin Nofretete gezeigt“, sagte Greta stolz.

„Hä? Wieso denn ihre Brüste? Geht's noch?“ Daka schüttelte sich.

Greta kicherte. „Die Büste ist ihr Kopf! Und man konnte uralte Mumien betrachten!“

„Ach, das stelle ich mir auch gemütlich vor. Eingewickelt in einem Sarg schlafen.“ Daka seufzte sehnsüchtig.

„Dein Ernst?“ Greta sah Daka entsetzt an. „Du willst in einem Sarg schlafen?“

Daka zuckte mit den Schultern. „Das ist doch ganz normal.“

Greta schüttelte ungläubig den Kopf. „Das ist nicht normal. Und im Übrigen heißt es Sarkophag. Mumien liegen in Sarkophagen.“

„Du kennst dich ja hervorragend aus, Greta. Vielleicht willst du meine Führung heute Nacht übernehmen?“ Oma Rose zwinkerte den Zwillingen zu.

„Wieso denn heute *Nacht*?“, fragte Greta.

„Heute ist die lange Nacht der Museen“, erklärte Oma Rose.

„Wie toll ist das denn? Wann geht es los?“, wollte Greta wissen.

„Gleich“, murmelte Elvira, die über den Flur geschlurft kam. „Wir müssen alle los, mein Kurs fängt auch schon bald an.“ Elvira gähnte und verschwand im Badezimmer.

„Mama macht einen Nachtmalkurs. Sie möchte Künstlerin werden. Papa sagt, dass nachts das Licht am besten ist“, wandte sich Silvania an Greta.

„Soweit ich weiß, ist das Licht am besten in den frühen Morgenstunden. Deswegen müssen auch Schauspieler oft sehr früh aufstehen, wenn sie einen Film drehen“, sagte Greta altklug. „Nachts ist es doch dunkel, da gibt es kein Licht.“

„Gibt es auch etwas, was du nicht weißt?“, murmelte Daka leicht genervt.

Elvira streckte ihren Kopf aus der Badezimmertür. „Daka, du musst noch deine Eckzähne feilen, bevor ihr geht.“ Erst jetzt bemerkte Elvira Greta, die sie verwundert ansah. „Äh, deine Zähne fein putzen, meine ich." Elvira winkte Daka ins Bad und schloss die Tür wieder.

„Meine Tante achtet auch sehr auf Sauberkeit", sagte Greta. „Ich sage ihr schnell Bescheid, dass ich mit euch ins Museum gehe." Damit verschwand Greta aus der Wohnung.

Die Vampirschwestern und Elvira aßen noch die Reste vom Frühstück. Dann zog Elvira ihre Jacke an und schickte ihren Töchtern Küsse durch die Luft. „Viel Spaß im Museum und benehmt euch gut, meine Fledermäuschen!"

Silvania winkte. „Logix, Mama!"

„Immer!" Daka grinste.

„Und Kobix bleibt hier in der Wohnung, der stiftet nur Unruhe im Museum, verstanden?" Elvira sah die Vampirschwestern ernst an.

„Klarox", versprach Daka.

Silvania stopfte schnell die kleine Fledermaus in den Ärmel ihrer Bluse und lächelte, als wäre nichts gewesen. „Logix, Mama!"

Wenige Minuten später verließen auch Oma Rose und die Vampirschwestern das Haus mit Greta. Sie

sahen gerade noch ein kleines rostrosarotes Auto um die Ecke biegen.

„Fahren wir auch mit dem Auto ins Museum?“, fragte Silvania.

„Bitte nicht“, brummte Daka.

„Wir nehmen die Straßenbahn“, entschied Oma Rose und lief zur Haltestelle voraus.

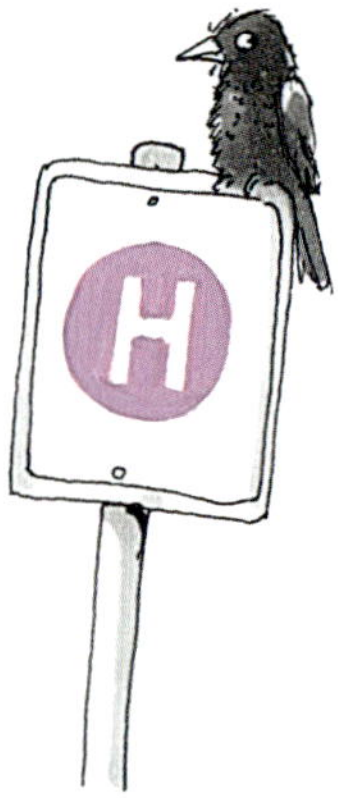

Nächster Halt: Abflug

Am Automaten zog Oma Rose vier Fahrkarten. „Dreimal Kinder, einmal Erwachsene. Linie 12 fährt vom Bindburger Westen in den Osten, dort ist das Große Museum."

„Und wie geht das?", fragte Silvania.

„Was meinst du denn?", fragte Greta zurück.

„Straßenbahn fahren", meinte Silvania.

„Dein Ernst? Du bist noch nie Straßenbahn gefahren?" Greta schüttelte den Kopf.

„Bei uns in Bistrien heißen die Sargbahnen", erklärte Daka.

Oma Rose warf ihr einen warnenden Blick zu. „Genau, Straßenbahn. Da kommt sie auch schon."

Die Bahn hielt an und Greta drückte den Knopf, sodass die Türen aufgingen. Oma Rose und Greta stiegen ein und entwerteten die Tickets. Silvania folgte ihnen, doch Daka zögerte noch.

„Beeil dich, Daka, worauf wartest du?", rief Oma Rose.

Flopsch! Kurz bevor sich die Türen schlossen, flopste Daka in die Straßenbahn und hängte sich mit den Füßen in zwei nebeneinanderliegende Halte-

griffe. Kopfüber baumelte sie hin und her und grinste Greta, Oma Rose, Silvania und die anderen Fahrgäste an, die sie mit offenem Mund anstarrten.

„Gar nicht mal so unbequemix!“, rief Daka zufrieden und verschränkte die Arme hinter dem Kopf.

„Was war das denn?“, murmelte Greta.

„Ich sag ja, meine Enkelin ist sehr sportlich“, sagte Oma Rose laut, trat nahe an Daka heran und flüsterte leise: „Die Griffe sind dafür da, dass man sich daran mit den Händen festhält, nicht mit den Füßen einhängt. Komm bitte runter.“

„Aber ohne Fliegen und ohne Flopsen“, flüsterte Silvania ihrer Schwester noch leiser zu.

„Hmpf“, maulte Daka. Sie schaukelte ein wenig vor und zurück, bis sie genug Schwung hatte und mit den Händen an die Haltegriffe fassen konnte. Dann zog sie ächzend ihre Füße aus den Griffen und baumelte nur noch mit den Händen daran. Daka vollführte ein paar Klimmzüge.

„Sie ist wirklich SEHR sportlich, meine Enkelin“, sagte Oma Rose wieder laut und flüsterte leise: „Es reicht jetzt mit der Vorstellung, Daka. Alle schauen

zu uns.“ Tatsächlich war die Straßenbahn sehr voll und alle Fahrgäste blickten neugierig zu Daka.

Daka zuckte mit den Schultern, ließ die Haltegriffe los und landete mit beiden Füßen fest auf dem Boden. Dachte sie zumindest, denn in diesem Moment fuhr die Straßenbahn in eine Kurve und Daka plumpste auf Oma Rose. Die fiel gegen Greta und die prallte gegen Silvania, die wiederum in den Armen eines fremden Jungen landete.

„Sorry“, meinte der Junge und schob Silvania sanft auf die Füße zurück.

Auch Oma Rose, Greta und Daka rappelten sich wieder auf. Der Junge zwinkerte ihnen zu. Silvania zwinkerte auch. Der Junge hatte schwarze Haare und funkelnde Augen. Seine Haut war dunkel und erinnerte Silvania an Schokolade. Nachtschwarze Schokolade. Lecker …

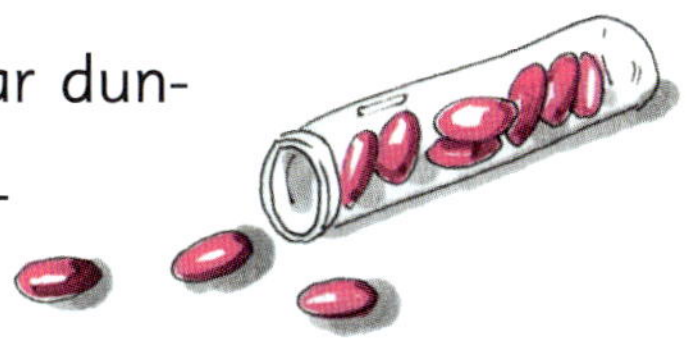

„Skyzati“, hauchte sie. „Habe ich dir wehgetan?“

„No.“ Der Junge schüttelte den Kopf und drehte sich um.

No? Silvania überlegte. *No* hieß *nein* auf Italienisch, Spanisch, Englisch ... Wo der Junge wohl herkam? Er hatte auch *sorry* gesagt. Vielleicht aus England? Verstohlen sah sich Silvania nach dem Jungen um. Er stand neben einem Mann und einer Frau, deren Haut genauso schön nachtschwarz war wie seine eigene.

Neben der Familie stand ein älterer Mann mit einer Pelzmütze, daneben ein großer blonder Junge mit verschränkten Armen an eine Stange gelehnt. Er hatte einen stechenden Blick und hielt etwas in seiner Faust. Es war rund und glänzte metallisch. War das etwa ...

Als der Junge Silvanias Blick bemerkte, sah er sie böse an. „Na, du Baby. Kannst du nicht mal Straßenbahn fahren, ohne umzukippen?"

Silvania schnappte nach Luft, doch ihr fiel keine passende Antwort ein. Außerdem krabbelte in dem Moment Kobix aus ihrem Shirt und blinzelte heraus. Schnell schloss Silvania ihre Hand, doch der Junge hatte die Fledermaus entdeckt. „Uäh, hast du etwa deinen Hamster mitgebracht? Oder war das eine Ratte?"

„Wieso, hast du Hunger?“, sprang Daka ihrer Schwester zur Seite.

Der Junge ballte die Faust. „Spinnst du? Wer isst denn Ratten?“

„Was hast du da in deiner Hand?“, wollte Daka wissen, doch der Junge sah jetzt demonstrativ in eine andere Richtung.

„Greta, schau mal. Was hat denn der Junge da in der Hand?“, wandte sich Silvania an ihre Freundin, die sich mit Oma Rose über das berühmte Dinosaurierskelett im Großen Museum unterhalten hatte.

„Welchen Jungen meinst du? Den mit den schwarzen Haaren? Ich glaube, der schiebt sich gerade ein Kaugummi in den Mund“, meinte Greta.

„Nein, ich meine doch den daneben“, korrigierte Silvania.

„Den mit den blonden Haaren, der die Nase so hoch hält und so eingebildet guckt?“, fragte Greta.

Silvania nickte.

„Blond und Nase hoch?“ Daka zeigte grinsend auf Greta. „Redest du von dir selbst?“

„Haha“, machte Greta beleidigt.

„Skyzati, war nur ein Witzki“, brummte Daka.

„Das war aber nicht *witzki*, das war *gemeinski*!“ Greta äffte das Vampwanische erstaunlich gut nach. „Und überhaupt, was sprecht ihr eigentlich für eine komische Sprache? Ich habe nämlich mal nachgeschaut. In Transsilvanien sprechen ein paar Menschen Deutsch, aber die meisten sprechen rumänisch. Ich habe mir Rumänisch im Internet angehört. Eure Wörter klingen ganz anders.“

„Hört auf zu streiten!“, sagte Silvania. „Schaut euch lieber diesen blonden Typen an. Der sieht irgendwie gefährlich aus und ich glaube“, Silvania senkte ihre Stimme, „dass er eine Waffe in der Hand hält.“

Daka musterte den Jungen von oben bis unten. „Er hält etwas in der Hand, aber das kann alles sein. Ich dachte immer, du liest nur Omas Liebesromane, oder hast du aus Versehen einen Krimi erwischt?“

Silvania schüttelte den Kopf. Mit diesem Jungen stimmte etwas nicht. Da war sie sich sicher.

„Schaut mal in den Spiegel über uns!“, unterbrach Greta Silvanias Gedanken.

Silvania blickte nach oben. Tatsächlich. Da war ein Spiegel angebracht. Auch Daka schaute hoch.

„Irgendwie seht ihr ganz verwackelt aus“, stellte Greta fest.

„Logix, unseren Vater sieht man gar nicht im Spiegel und uns erkennt man nur verschwommen. Ich bin noch verschwommener als Silvania“, erklärte Daka stolz. Sie winkte ihrem unscharfen Spiegelbild, zog Grimassen und streckte sich selbst die Zunge heraus.

Silvania hielt erschrocken die Luft an. Was war

denn heute mit Daka los? Wollte sie unbedingt als Vampir entdeckt werden? Sie kannte ganz genau Mamas Regeln und eine hieß, dass sie sich von Spiegeln unbedingt fernhalten sollten.

„Wieso seid ihr so verschwommen?“ Greta blickte von Daka zu Silvania und hoch zu ihren Spiegelbildern.

Oma Rose bemerkte erst jetzt, was passierte, und sagte bestimmt: „Diese Spiegel müssen mal wieder geputzt werden.“

„Genau“, sagte Silvania erleichtert und stieß Daka in die Seite. „Bist du snips? Dann kannst du Greta ja gleich sagen, dass wir Vampire sind“, flüsterte sie.

„Warum denn auch nicht? Dieses Verstecken nervt. Aber keine Sorge, ich sage ihr nicht, dass wir Vampire sind“, zischte Daka.

Silvania atmete erleichtert auf.

„Wenn, dann sage ich, dass wir Halbvampire sind“, flüsterte Daka.

Silvania verdrehte die Augen.

„Und übrigens: Du hast heimlich Kobix mitgenommen, obwohl Mama es verboten hat. Also tu nicht so, als würde immer nur ich mich nicht an die Regeln halten." Daka tippte auf Silvanias Shirt, aus dem es leise fiepte.

„Na und? Der verrät ganz bestimmt nicht, dass wir Halbvampire sind." Silvania sah sich dennoch erschrocken zu Oma Rose um, doch die hatte nichts davon bemerkt, dass Silvania die kleine Fledermaus dabeihatte.

„Nächster Halt: Abflug!", sagte Oma Rose und zeigte auf die Anzeige: Museum, stand da.

„Juhu! Abflug klingt zensatoi futzi!", freute sich Daka.

„Äh, ich meinte natürlich: aussteigen", korrigierte sich Oma Rose schnell und sah Daka streng an. „Ich muss im Museum eine Gruppe führen und kann nicht die ganze Zeit auch noch auf dich aufpassen. Ich möchte, dass du keine Probleme machst."

„Keine Sorge, Oma, in der Gruppe fliegen ist für mich wirklich kein Problem!" Daka kicherte.

„Daka, du bist unmöglich." Oma Rose seufzte, doch dann lächelte sie und strich Daka durch das kurze schwarze Haar.

„Ich bin halt sportlich!“ Daka lächelte zurück. „Njoppi Problemski, Oma Rose. Mach dir keinen Omke. Du wirst mich gar nicht bemerken.“

„Da bin ich mal gespannt.“ Oma Rose drückte einen Knopf und im gleichen Moment kam die Ansage: Nächster Halt: Museum.

Das Große Museum

Als die Straßenbahn hielt, stiegen viele Leute aus und Oma Rose schob die Vampirschwestern und Greta auf den Bahnsteig vor dem Museum.

„Wow, das ist ja ultimo riesig!“ Silvania bestaunte das Große Museum. Es war ein gewaltiges steinernes Gebäude mit einer dunklen Fassade, auf der Moos wuchs. Das Museum hatte mehrere Türme und Erker, wovon manche ein wenig eingefallen waren.

„Innen ist das Museum schon fast vollständig renoviert, aber außen muss noch viel gemacht werden.

Es ist eine Mischung aus alt und modern“, erklärte Oma Rose.

„Es sieht aus wie ein Gruselschloss“, stellte Daka fest und ihre Augen glitzerten.

„Ich finde, es könnte das Schloss von Graf Dracula sein, es ist wirklich unheimlich“, sagte Greta.

„Oh, Graf Dracula hat auf der Burg Bran in Transsilvanien gelebt. Unsere Eltern waren neulich erst dort zu einer Feier und mit der Schule haben wir mal einen Ausflug dorthin gemacht.“ Daka grinste. „Weißt du noch, Silvania? Auf dem Rückflug musste dich die Lehrerin die ganze Zeit ziehen, weil du nicht mehr konntest.“

„Wieso Rückflug? Ihr macht wirklich mit dem Flugzeug Schulausflüge?“ Greta hob erstaunt die Augenbrauen.

„Wieso Flugzeug, es heißt doch: Aus*flug*“, meinte Daka.

„Daka redet Gumox, Quatsch. Sie meinte Rück*weg*, nicht Rück*flug*“, beeilte sich Silvania zu sagen. Sie hoffte inständig, dass Daka nicht noch mehr Geschichten aus Bistrien erzählte, schon gar nicht

welche, in denen sie geflogen waren. Zum einen kam Silvania oft nicht gut weg in diesen Geschichten, denn entweder verflog sie sich oder sie stürzte ab oder sie blieb an irgendwelchen Dachvorsprüngen hängen, und zum anderen würde Greta sicherlich irgendwann mal genauer nachfragen, wieso Daka ständig vom Fliegen erzählte. Dann würde Daka sagen, dass sie fliegen könne, und Greta würde sie für verrückt erklären.

Und Silvania kannte ihre Schwester sehr genau und wusste, dass Daka irgendwann einfach abheben würde, um Greta zu beweisen, dass sie wirklich fliegen konnte. Und wer weiß, was dann passieren würde ...

„Kinder, ich bin schon etwas spät dran, lasst uns bitte reingehen", drängelte Oma Rose und lief zum Eingang des Museums voraus.

Hochmoderne Glastüren öffneten sich zischend und Daka grinste: „Wie bei einem Raumschiff!" Dann traten sie in die Eingangshalle und Daka riss die Augen auf: „Das ist ja ultimo coolox!"

Auch Silvania sah sich erstaunt um, und selbst

Oma Rose und Greta sah man an, wie beeindruckt sie von dem Gebäude waren, obwohl sie das Große Museum schon öfter besucht hatten. Die Eingangshalle war riesig und sehr hoch, überall führten Treppen mit gläsernen Geländern in die verschiedenen

Etagen. Ein riesiges Dinosaurierskelett stand in der Mitte des Raumes und wurde bereits von vielen Besuchern umringt.

„Wir müssen uns am Schalter Tickets holen“, sagte Greta neunmalklug.

„Das mache ich!“, rief Daka. Sie lief zu einem Schalter an der Wand, drückte ihn und sagte laut: „Drei Kinder, eine Erwachsene, bitte.“

„Huch, warum ist es denn auf einmal so dunkel?“, rief Oma Rose. „Daka, mach sofort das Licht wieder an. Außerdem ist das kein Schalter, sondern ein Lichtschalter. Und ihr braucht auch gar keine Tickets, weil ihr mit mir umsonst ins Museum dürft. Schließlich arbeite ich heute hier.“

Greta und Silvania kicherten, während Daka beschämt das Licht wieder anmachte.

Oma Rose lief zum Empfangsschalter und sprach mit der Ticketverkäuferin. *Frau Ottens* stand auf ihrem Schildchen.

Die Vampirschwestern und Greta kamen dazu und hörten, wie Frau Ottens sagte: „Danke, dass du die Führung für Klaus übernimmst, Rose. Er räumt seit

Wochen oben den Dachboden auf und darüber ist er krank geworden."

„Oh, hat er sich erkältet?", fragte Oma Rose mitfühlend.

Frau Ottens senkte die Stimme: „Also mit krank meine ich: Er ist verwirrt. Er behauptet, er hätte dort oben unheimliche Geräusche gehört. Es hätte immer flapp, flapp, flapp gemacht. Außerdem hätte er ein unheimliches Huhuuu gehört. Er meint, dass es hier im Museum spukt!"

„What? Hier spuckt es? Igitt!", rief ein Junge, der mit seinen Eltern Eintrittskarten kaufen wollte.

Silvania erkannte den schwarzen Jungen aus der Straßenbahn und lächelte ihn an.

„Hello, wir kennen uns!" Der Junge winkte Silvania zu. „Ick bin Amerikaner."

Silvania nickte. Aha, deswegen sprach der Junge so anders. „I am Transsilvanian", versuchte Silvania, sich auf Englisch vorzustellen.

„Ich kann sehr gut Englisch", behauptete Greta sofort und ihre Stimme hörte sich noch verschnupfter an als sonst, als sie fragte: „What's your name?"

„Ick bin Ben", meinte der Junge, als er von hinten angerempelt wurde. Es war der große blonde Junge, den die Mädchen ebenfalls in der Straßenbahn bemerkt hatten.

„Sorry", rief Ben.

Silvania wunderte sich. Wieso entschuldigte sich Ben dafür, dass der andere ihn angerempelt hatte? Ihr fiel auf, dass Ben sich auch bei ihr entschuldigt hatte, als sie ihn in der Bahn aus Versehen angestoßen hatte. Amerikaner waren wohl sehr höflich.

Der blonde Junge sah Ben verächtlich an. „Wie kann man nur Ben heißen? So heißt doch jeder."

Daka stellte sich dem blonden Jungen in den Weg. „Wie heißt du denn?", fragte sie mit kalter Stimme.

„Tom", meinte der Junge und ging weiter.

Greta lachte. „Tom heißt doch auch jeder!"

„Echt?" Die Vampirschwestern sahen sich erstaunt an, weil sie den Namen noch nie gehört hatten.

„Bei uns heißen die Jungs alle Vlado", meinte Daka.

„Und die Mädchen Blutonia", ergänzte Silvania.

„Hier ist der Plan des Museums, Rose. Da sind alle

Ausstellungsräume drauf verzeichnet.“ Frau Ottens reichte Oma Rose ein Faltblatt.

„Danke, den werde ich brauchen“, sagte Oma Rose. „Ich kenne mich hier wirklich nicht gut aus.“

„Die andere Führung hat übrigens bereits begonnen. Marco, mein Mann, hat sie übernommen. Achte darauf, dass sich die Gruppen nicht begegnen, das gibt dann oft Chaos, wenn so viele Besucher aufeinandertreffen. Die Gruppen vermischen sich und keiner weiß mehr, wo er hingehört.“

„Klar, ich achte darauf.“ Oma Rose schluckte nervös.

„Rose, du bist doch Museumsfachfrau, das wird schon gut werden.“ Frau Ottens lächelte Oma Rose aufmunternd zu. „Und hier sind eure Taschenlampen.“ Die Ticketverkäuferin schob Oma Rose vier Taschenlampen über den Tresen.

„Taschenlampen?“, fragte Oma Rose. „Wozu das denn?“

„Hat man dir nicht gesagt, dass deine Führung größtenteils im Dunkeln stattfindet?“, wunderte sich Frau Ottens.

„Wieso das denn?“ Oma Rose nahm eine der Taschenlampen in die Hand und schaltete sie ein.

„Das ist der neuste Trend in unserem Museum. Eine Führung im Dunkeln mit Taschenlampen. Wie eine Nachtwanderung durchs Museum. Das ist total spannend und wird ganz häufig gebucht. Die einzelnen Objekte kommen dadurch viel mehr zur Geltung, wenn sie einzeln im Dunkeln angeleuchtet und betrachtet werden.“ Die Ticketverkäuferin reichte auch Ben und seinen Eltern Tickets und Taschenlampen.

„Aber wie soll ich denn im Dunkeln meinen Spickzettel lesen?“ Oma Rose fummelte ihre Notizen für ihren Vortrag über das Museum aus ihrer Tasche.

„Keine Sorge, Oma. Wir können im Dunkeln boibine sehen und helfen dir“, sagte Silvania.

„Aij“, rief auf einmal Daka. Ein Lichtstrahl hatte sie genau ins Auge getroffen. Silvania und Greta sahen sich um und entdeckten Tom, wie er mit dem Strahl seiner Taschenlampe Leuten ins Auge zielte.

„Jetzt wissen wir, dass er in der Straßenbahn keine Waffe in der Hand hatte, sondern eine Taschenlampe“, sagte Greta. „Er hat seine eigene mitgebracht und sie scheint heller zu sein als andere Taschenlampen."

Silvania nickte. Trotzdem war sie nicht beruhigt. Dieser Tom war nicht nett und schien gerne andere zu ärgern.

Daka blinzelte noch immer und rieb sich ihr Auge. „Silvania, die Haut unter meinen Augen fühlt sich verbrannt an."

Silvania betrachtete Dakas Haut und nickte. „Tom hat irgendeine Spezialtaschenlampe."

„Mit gefährlichem Licht für Vampire", jammerte Daka.

„Warte, ich schmiere dir etwas Heimaterde drauf." Silvania kramte einen braunen Klumpen aus ihrer Rocktasche und krümelte davon etwas auf die roten Stellen unter Dakas Augen.

„**Iiihhh**, was macht ihr denn da?", fragte Greta entsetzt. „Das sieht aus wie Ka..."

„Kamillenspezialsalbe, genau. Hilft gegen Augenringe", sagte Silvania. In der Heimaterde war zwar kein bisschen Kamille, aber auch nicht das, was Greta dachte – es war einfach nur würzige Erde

aus Transsilvanien. Aber das würde Greta bestimmt auch eklig finden. Sie wusste ja nicht, dass Vampire außerhalb von Transsilvanien immer Heimaterde bei sich tragen mussten, weil sie sonst ernsthaft krank werden konnten. Tante Karpa, die Frau von Mihais Bruder Vlad, hatte mal als junge Vampirin ihre Heimaterde vergessen, als sie am Roten Meer Urlaub machte. Schon am zweiten Tag fiel sie in ein Koma und konnte von Onkel Vlad nur mit doppelten Blutschocks gerettet werden.

Greta betrachtete stirnrunzelnd Dakas Augen mit der Heimaterde. „Na ja, eigentlich hilft diese Salbe gar nicht gegen Augenringe. Im Gegenteil, Daka hat jetzt ganz schlimme Augenringe. Sieht aus, als würde sie nachts nie schlafen", stellte Greta fest.

„Tu ich ja auch nicht." Daka zuckte mit den Schultern.

Oma Rose hob ein Schild hoch und versammelte ihre Gruppe unter dem Dinosaurier-Skelett.

Silvania freute sich, als Ben sich mit seinen Eltern dazustellte, doch dann gesellte sich auch Tom zu der Gruppe und ihre gute Laune verflog ein wenig.

Tom unterhielt sich leise mit dem älteren Mann mit der Pelzmütze, der vermutlich sein Opa war. Oder sein Vater. Er hatte zumindest den gleichen stechenden, kalten Blick wie Tom.

Silvania beobachtete, wie Daka mit ihrer Taschenlampe an Tom heranschlich und ihm von hinten auf die Schulter klopfte. In dem Moment, als sich Tom umdrehte, hielt Daka die Taschenlampe unter ihr Kinn, fletschte ihre Zähne und fauchte. Mit den dunklen Augenringen sah sie wirklich unheimlich aus.

Tom zuckte jedoch nur kurz zusammen und grinste dann verächtlich: „Glaubst du, ich hätte Angst vor dir, du Möchtegern-Vampir?“

„Möchtegern-Vampir?“ Daka verengte ihre Augen zu Schlitzen. „Nimm das zurück, du mickriger Mensch!“

Tom schubste Daka von sich weg, die von Ben aufgefangen wurde.

„Dieser Typ ist nickt nett“, sagte Ben.

„Das heißt, wenn schon, *nicht* nett. Lern erst mal Deutsch“, zischte Tom Ben zu.

Noch bevor Daka etwas sagen konnte, bat Oma Rose um Ruhe und begrüßte ihre Gruppe zur Führung durch das Große Museum. Gerade als sie das Dinosaurier-Skelett beschrieb (dafür musste sie ziemlich oft auf ihren Zettel schauen), krabbelte Kobix aus Silvanias Ärmel, flatterte geräuschlos nach oben und setzte sich auf den Kopf des Dino-Skeletts.

„Und was ist das da für ein komischer runder Knochen?", fragte Tom einfach mitten in Oma Roses Erklärungen hinein.

Oma Rose starrte nach oben, und als sie Kobix

erkannte, warf sie den Vampirschwestern einen strengen Blick zu. „Das ist der sogenannte Kobix Verschwindibux. Wenn Sie mir jetzt bitte alle folgen wollen." Damit drehte sich Oma Rose um und führte die Gruppe in den ersten Stock. Sie öffnete eine Tür.

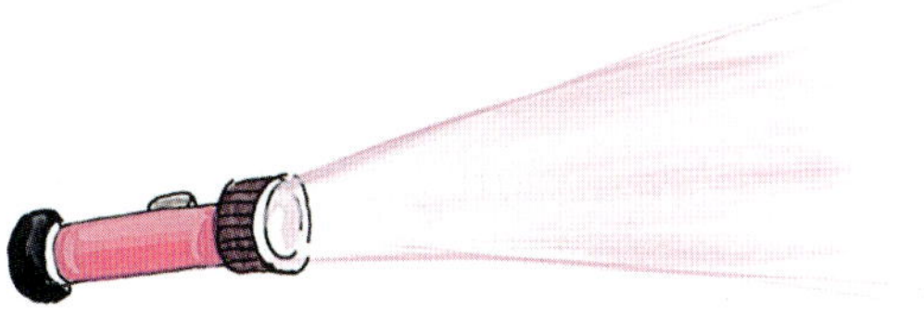

Taschenlampen an

Silvania winkte Kobix hektisch zu, der langsam zu ihr hinaufsegelte und gerade noch unbemerkt mit ihr in eine Halle gelangte, in der lauter Insekten ausgestellt wurden. Viele tote, aber auch lebendige.

„Das ist das Besondere an diesem Museum", erklärte Oma Rose. „Es ist nicht langweilig und verstaubt, es ist lebendig und es atmet!"

Kobix fiepte begeistert, doch Silvania steckte ihn in ihren Ärmel. „Die Insekten sind nicht zum Essen da, sondern zum Angucken. Das gilt auch für dich, Daka!"

„**Hmpf**“, maulte Daka, der schon das Wasser im Mund zusammengelaufen war.

In dem Moment ging das Licht aus. Nur auf manche der Terrarien mit den Insekten waren schwache Scheinwerfer gerichtet und zusätzlich knipsten alle ihre Taschenlampen an. Auch Silvania und Daka leuchteten mit ihren Taschenlampen herum, obwohl sie auch ohne Licht hervorragend sehen konnten.

Daka passte allerdings auf, dass sie nicht in den Lichtstrahl von Toms Taschenlampe geriet.

Oma Rose fuchtelte etwas konfus mit ihrer Taschenlampe herum. „Ja, also … hier sehen Sie, **ähm** …“

„Stabschrecken“, half Silvania weiter.

„Genau“, sagte Oma Rose und leuchtete auf ein anderes Terrarium. „Und hier haben wir …“

„Fauchschaben“, wusste Daka und leuchtete auf ein weiteres Terrarium. „Und hier sehen Sie eine ganze Kolonie Blattschneideameisen.“

„Woher kennt ihr euch denn so gut mit Insekten aus?“, flüsterte Greta beeindruckt.

„Da staunst du, was?“ Daka grinste. „Ich kenne alles, was lecker schmeckt. Hier, diese Rosenkäfer zum Beispiel knacken zwischen den Zähnen, wenn man draufbeißt. Ultimo delizioso.“

„Iiihhh, musst du immer so eklige Sachen sagen?“ Greta schüttelte sich.

Doch im nächsten Raum war es Daka, die sich schüttelte. Hier waren Aquarien mit Fischen ausgestellt. Goldfische, Clownsfische und gemeine Kraken. „Buäh, ich muss gleich spuipate.“

„Schau doch mal hier, die Seepferdchen, die sind doch total süß!“ Greta leuchtete in ein Aquarium, in dem zwei Seepferdchen schwammen. „Sieht fast so aus, als würden sie tanzen.“

Auch Silvania betrachtete die zarten Wesen fasziniert. „Die schweben ja im Wasser!“

„Ich würde gerne mal mit denen schwimmen. Seepferdchen sind fast meine Lieblingswassertiere“, schwärmte Greta.

„Du würdest bestimmt auch gerne mal auf einem Einhorn reiten“, ärgerte Daka sie.

„Haha“, machte Greta. „Ich würde gerne mal mit Delfinen schwimmen, du nicht auch, Daka?“

„Njop.“ Daka sah Greta entsetzt an. „Hast du dir schon mal überlegt, wo die Fische aufs Klo gehen?“

Greta runzelte die Stirn. „Äh.“

„Eben. Ich schwimme doch nicht im Meer, wo die Fische …“ Daka rümpfte die Nase. „Viel lieber würde ich mal übers Meer *fliegen*.“

Bevor Daka weiter übers Fliegen sprach, zog Silvania Greta weiter. Sie standen vor einem Aquarium mit Piranhas.

„Also diese Fische finde ich ausnahmsweise coolox. Die haben echt spitze Zähne“, meinte Daka, als sie hinterherkam. Sie nahm ihre Taschenlampe, hielt sie unter ihr Kinn und fauchte. Dabei fletschte sie ihre Zähne.

„Spielst du wieder Vampir oder hast du einfach nur ’nen Vogel?“, fragte Tom und tippte sich mit dem Zeigefinger an die Stirn.

In dem Moment kam Kobix unbemerkt angeflattert, der Silvania entwischt war, und krabbelte Daka von hinten in die Kapuze ihres Pullis.

„Nee. Ich hab ’ne Fledermaus“, meinte Daka und ging weiter.

Ben hatte das Gespräch mit angehört und machte das Daumen-hoch-Zeichen. „Du bist cool! What's your name?"

„Daka", sagte Daka.

„Klingt wie *dark*, das heißt auf Amerikanisch *dunkel*", stellte Ben fest.

„Das passt doch gut zu mir", meinte Daka. „Die anderen beiden sind übrigens Silvania, meine Zwillingsschwester, und Greta. Unsere Menschenfreundin."

„Menschenfreundin?", wunderte sich Ben.

„Ja, Mensch, eine gute Freundin halt", brummte Daka.

„Ph, Silvania und Daka", machte Tom. „Was sind denn das für Namen?"

Daka und Ben gingen zusammen weiter, ohne Tom zu beachten, der mit etwas Abstand hinterherlief. Neben den Stimmen und Schritten der Besucher lag ein leises Zirpen der Insekten in der Luft. Auch Kobix fiepte von Zeit zu Zeit, doch Daka kam es vor, als wäre da noch ein anderes Geräusch. Als Halbvampir

konnte sie im Dunkeln hervorragend sehen und auch ihr Gehörsinn war ausgezeichnet.

Flapp, flapp, flapp!, hörte Daka. Sie blieb stehen, blickte nach oben und sah, dass auch Silvania zur Decke schaute. Sie und Greta standen nicht weit von ihr entfernt.

„Hörst du das auch?“, fragte Daka.

Silvania nickte. „Shuspektoi!“

„What?“, fragte Ben.

„Wieso bleibt ihr hier stehen?“, wollte Tom wissen, der im Dunkeln fast gegen Ben gelaufen wäre.

„Da ist so ein Geräusch.“ Daka zeigte nach oben. Ben und Greta lauschten. Auch Tom horchte.

Flapp, flapp, flapp. Dann ein Rufen. Es war nur schwach zu hören, aber es war eindeutig ein Huhuuu!. Die Vampirschwestern nickten sich zu. Weiter oben im Museum war etwas.

„Der Dachboden“, flüsterte Daka.

„Ich höre nichts“, meinte Greta und auch Ben schüttelte den Kopf.

„Willst du behaupten, dass du hier unten etwas hören kannst, was auf dem Dachboden passiert? So gute Ohren hat kein Mensch.“ Tom verschränkte die Arme vor der Brust.

„Ich bin eben ein besonderer Mensch und kann hören, was auf dem Dachboden passiert, wenn ich mich anstrenge“, meinte Daka.

„Du bist höchstens ein besonders anstrengender Mensch mit Dachschaden.“ Tom grinste. „Aber vielleicht stimmt es ja, was deine Oma gesagt hat. Dass dieses Museum lebendig ist und atmet. Vielleicht atmet da oben ein Gespenst und du kannst es hören. Huhuuu, es spukt!“ Tom lachte fies.

„Es gibt mehr unheimliche Wesen auf der Welt, als du denkst!“, sagte Daka ruhig.

„Bitte folgen Sie mir“, rief da Oma Rose und führte die Gruppe über einen Flur zu einer Treppe, und es ging weiter in den zweiten Stock.

„Wir kommen jetzt in die Sternenwelt!“, rief Oma Rose.

Kurz bevor die Vampirschwestern zusammen mit Greta, Ben und Tom die Sternenwelt betraten, liefen sie an einem geöffneten Fenster vorbei, und jetzt hörten sie alle ein Rufen: Huhuuu!

„Was war das?“, rief Greta erschrocken.

Tom wurde etwas blass, tat aber so, als wäre nichts.

Ben grinste und seine weißen Zähne leuchteten hell auf in dem dunklen Flur: „Es *spuckt*!“

Am Sternenhimmel

„Lass uns auf den Dachboden gehen und schauen, was da los ist“, flüsterte Daka Silvania zu.

„Wir dürfen aber die Gruppe nicht verlassen“, zischte Silvania zurück.

„Na und? Wir fliegen ja nicht weg oder flopsen. Wir gehen einfach!“ Daka wollte Silvania mit sich ziehen, doch Silvania zögerte.

„Bitte bleiben Sie zusammen“, rief Oma Rose wie aufs Stichwort. Sie öffnete eine Tür und führte die Gruppe in einen völlig dunklen Raum. Nur das Licht der vielen Taschenlampen leuchtete den Weg. Als

alle im Raum waren, schloss Oma Rose die Tür. „Bitte schalten Sie Ihre Taschenlampen jetzt aus."

Oma Rose nahm eine Art Fernbedienung. Sie drückte auf einen Knopf und der Himmel hoch über den Köpfen der Museumsbesucher tat sich auf. Tiefblau mit Abertausenden von leuchtenden Sternen, die in der Dunkelheit glitzerten und funkelten.

„Oh!" – „Ah!" – „Wunderschön!", riefen die Besucher.

„Zensatoi futzi!", riefen die Vampirschwestern.

Alle blickten gebannt nach oben.

Oma Rose knisterte mit ihrem Zettel herum, hielt die Taschenlampe darauf und begann ihren Vortrag: „Sie sehen hier den sogenannten Nordhimmel, den man besonders gut vom Nordpol überblicken kann!"

„Ich wusste gar nicht, dass Bindburg am Nordpol liegt", störte Tom den Vortrag.

„Natürlich ist das hier eine Simulation des Nordhimmels, nicht der echte", wandte Oma Rose ein. „Wer weiß, wie man das leicht neblige Band nennt, das sich quer über diesen nördlichen Sternenhimmel zieht?"

„Milky Way!", rief Ben.

„Genau, die Milchstraße", bestätigte Oma Rose.

„Milky Way klingt wie ein Schokoriegel", brummte Tom und fuchtelte mit seiner Taschenlampe herum. Einmal bekam Daka fast wieder den Strahl ins Gesicht, doch sie duckte sich rechtzeitig zur Seite.

„Bitte schalten Sie die Taschenlampen aus. Lassen Sie einfach den Sternenhimmel auf sich wirken", wiederholte Oma Rose zum Glück ihre Aufforderung.

Widerwillig knipste Tom seine Taschenlampe aus.

„Kommen wir jetzt zu einigen Sternbildern", fuhr Oma Rose fort. Sie drückte auf die Fernbedienung und ein Sternbild erschien.

„Big Dipper!", rief Ben.

„Genau", freute sich Oma Rose. „Das ist der Große Wagen, eins der bekanntesten Sternbilder."

„Big Dipper klingt wie Kipper", murmelte Tom.

„Musst du zu allem was sagen?", zischte Greta Tom an.

„Kipper ist gar nicht so falsch", meinte Oma Rose. „Der Große Wagen sieht ein bisschen aus wie ein Anhänger, finden Sie nicht? Genau genommen ist

er aber Teil eines anderen Sternenbilds. Des Großen Bären."

Oma Rose drückte wieder auf ihre Fernbedienung und neue Sterne blinkten auf.

Ein Sternbild nach dem anderen projizierte Oma Rose an den Himmel und gab Erklärungen dazu ab.

„Langweilig", maulte Tom.

„Pst", ermahnte ihn Greta.

„Mir ist auch langweilig", gab Daka zu. „Ich wusste doch, dass Museen langweilig sind. Gibt es hier keine Stangen, wo man abhängen kann? Oder einen gemütlichen Sarkophag?" Daka seufzte.

„Du bist nur müde", flüsterte Greta.

„Müde? Spinnst du? Es ist Nacht, da bin ich immer hellwach!", entgegnete Daka.

„Vielleicht werden gleich noch Sternschnuppen gezeigt", wisperte Silvania. „Die finde ich so romantisch! Da darf man sich was wünschen!"

„Au ja, ich liebe auch Sternschnuppen, was könnte ich mir denn wünschen?", überlegte Greta.

„Ich wünschte, es würde mal was Spannendes passieren", brummte Daka.

Keins der Mädchen bemerkte, dass Daka beschlossen hatte, die Gruppe zu verlassen. Sie hatte aber nicht vor, den Raum zu verlassen, sondern sie hob einfach ab. Hinter ihr her flatterte Kobix. Völlig geräuschlos schwebten sie nach oben an den dunklen Himmel mit den hellen Sternen.

Oma Rose präsentierte weitere Sternbilder, und zunächst bemerkte niemand Daka und Kobix, die langsam am Himmel hin und her flogen.

„Was sind denn das für komische Schatten da oben?“, fragte auf einmal Tom.

Oma Rose betrachtete den Sternenhimmel.

„Schlotz zoppo!“, rief Silvania erschrocken. Mit ihren guten Augen hatte sie Daka und die kleine Fledermaus schnell entdeckt und bedeutete ihnen mit einem hektischen Winken, herunterzukommen.

„Wie sollen die Schatten heißen? Rotz Popo?“, fragte Tom und ein paar Besucher kicherten.

„Das muss ein Fehler in der Darstellung sein“, sagte Oma Rose schnell, die sofort verstanden hatte, was Silvania mit Schlotz zoppo sagen wollte. Das hieß nämlich: Ach, du Schreck. Und das konnte nur bedeuten, dass Daka Fumpfs machte. Also Mist. Zum Beispiel heimliche Flugübungen.

Oma Rose klickte hektisch auf der Fernbedienung herum. Sterne blinkten auf und immer mehr Sterne und es wurde immer heller.

Silvania hielt die Luft an. Gleich würden alle Daka fliegen sehen.

Doch schließlich fand Oma Rose den Knopf, der den Himmel ganz dunkel und völlig sternenlos werden ließ.

„So, ich denke, dass wir jetzt genug Zeit in der wunderbaren Welt unseres Kosmos verbracht haben. Bitte *gehen* Sie *alle* langsam aus dem Raum“, sagte Oma Rose mit Betonung auf *alle* und *gehen*. Die Besucher wandten sich vorsichtig zum Ausgang, Oma

Rose leuchtete mit ihrer Taschenlampe den Weg. Doch noch ein Licht zuckte durch den Raum!

„Eine Sternschnuppe!“, rief Greta, und alle sahen wieder nach oben, wo ein schneller Lichtstrahl vorbeizog.

„Das ist doch keine Sternschnuppe!“ Tom knipste seine Taschenlampe an und leuchtete an den dunklen Himmel.

„Lass das“, fauchte ihn Silvania an.

„Wieso denn?“, fragte Tom. „Schau mal, da fliegt doch etwas herum. Aber das ist keine Sternschnuppe. Sieht aus wie eine fette Fledermaus mit Rücklicht!“

„Argh! Fette Fledermaus?“, schrie Daka. „Nimm das zurück!“ Sie flog auf Tom zu und schlug ihm die Taschenlampe aus der Hand, bevor der Lichtstrahl sie wieder treffen konnte. Das ging so schnell, dass weder Tom noch die anderen Besucher begriffen, dass Daka geflogen war.

Und nur Ben entdeckte Kobix im Schein von Toms Taschenlampe. Die kleine Fledermaus war hinter Daka hergeflogen und flüchtete sich schnell in ihre Kapuze.

Beim Rausgehen grinste Ben Daka an. „Du hast ja echt eine Fledermaus!“

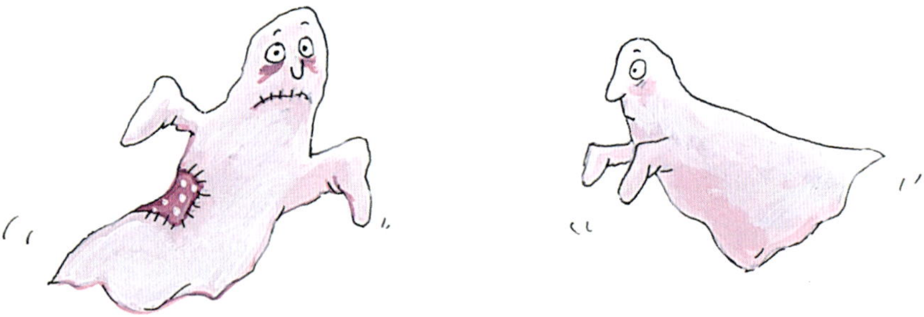

Blut ist dicker als Wasser

Als die ganze Gruppe über den Flur lief, schaltete Oma Rose das Licht ein.

„Ah, ist das hell“, jammerte Daka, und auch Silvania hielt sich die Hand vor die Augen, während Greta und Ben nur ein wenig blinzelten.

„Was hast du denn eigentlich gegen Licht?“, fragte Greta.

„Ja, genau, mach doch mal das Licht an“, rief Tom.

Greta drehte sich um. „Es ist doch an!“

Tom zeigte auf Ben und grinste fies. „Und warum ist der da immer noch so dunkel?“

Greta schnappte empört nach Luft, doch noch bevor sie etwas sagen konnte, flopste Daka wütend vor Tom. Der wusste gar nicht, wie ihm geschah, schon stand Daka vor ihm und versperrte ihm den Weg. Auch Silvania lief mit verschränkten Armen auf Tom zu und funkelte ihn wütend an. Nur Ben hielt sich zurück.

„Was hast du denn gegen dunkle Haut?“, fauchte Daka.

„War doch nur ein Witz“, sagte Tom.

„Das war aber nicht witzig, das war gemein!“, empörte sich Daka.

„Aber Ben ist total schwarz. Guck mal, du bist dagegen weiß wie ein Vampir.“

Silvania zuckte erschrocken zusammen, doch Daka blieb cool.

„Na und?“, sagte sie. „Hat dir noch keiner gesagt, dass die Hautfarbe eines Menschen völlig egal ist? Es kommt drauf an, was darunter ist.“

„Genau, es kommt auf die inneren Werte an, sagt meine Mama immer“, pflichtete Greta bei.

„Äh, ja. Genau. Die inneren Werte“, wiederholte

Daka. „Unser Papa sagt immer, es ist egal, ob ein Mensch schwarz oder weiß, gelb oder grün ist."

„Grüne Menschen? Wo gibt es die denn?", fragte Tom verächtlich.

„Mein Vater hat schon mal einen getroffen", behauptete Daka. „Kann sein, dass das in der Milchstraße oder auf dem Planeten Bluto war. Er hat da mal einen Ausflug hingemacht."

Ben kicherte. „Grüne Menschen? Meinst du Aliens? Außerirdische?"

„Kann sein. Papa kann das manchmal nicht ganz auseinanderhalten", brummte Daka. „Jedenfalls sagt

Papa immer, egal welche Hautfarbe ein Mensch hat, es kommt auf das Blut darunter an. Das muss schön rot, saftig und süffig sein."

„Saftig?", fragte Tom verwirrt.

„Süffig?", hakte auch Greta vorsichtig nach.

„Na ja, also äh. Gesund! Hauptsache gesund, sagt Mama immer." Silvania lächelte schief.

„Meine Mutter sagt immer, Blut ist dicker als Wasser", meinte Greta.

„What soll das heißen?", fragte Ben.

„Ist doch klarox!" Daka nickte wissend zu Greta. „Greta hat sich versprochen, sie meinte: Blut schmeckt besser als Wasser."

„Igitt, nein!", rief Greta entsetzt. „Blut ist dicker als Wasser heißt, dass eine Familie zusammenhalten muss. Weil sie das gleiche Blut hat."

„Ick verstehe", sagte Ben. „So wie ihr zwei", er zeigte auf die Vampirschwestern. „Ihr seid Schwestern und haltet zusammen, das habe ich schon gemerkt."

„Genau!" Silvania nahm Dakas Hand. „Wir sind Schwestern und halten zusammen, aber Freunde müssen auch zusammenhalten." Sie streckte ihre andere Hand zu Ben aus. Greta und Daka nahmen sich ebenfalls an die Hand.

„Was wird das denn jetzt für ein Kindergartenspiel?", ätzte Tom.

„Ganz genau, Tom", sagte Greta mit ihrer eingebildetsten Stimme. „Wir sind Freunde und du darfst nicht mitspielen, weil du gemein bist."

„**Pah**", brummte Tom und lief langsam Oma Rose und der Gruppe hinterher, die schon vorausgelaufen war.

Silvania, Daka, Greta und Ben sahen sich an und lächelten. Sie verstanden sich ohne Worte. Sie waren Freunde, und wenn es nur für diese eine Nacht war. Und sie würden zusammenhalten gegen diesen blöden Tom.

Huhuuu!, rief es auf einmal leise.

Greta und Ben hatten offensichtlich nichts gehört, doch die Vampirschwestern blickten zur gleichen Zeit nach oben.

„Da war es wieder", flüsterte Daka.

Silvania nickte und lief ein paar Schritte. Dabei lauschte sie angestrengt.

Huhuuu! Da war es wieder!

„Was habt ihr denn?“, wollte Greta wissen.

„Wir haben etwas vor“, sagte Daka und Silvania nickte. Die Zwillinge dachten beide dasselbe. „Wir wollen herausfinden, was das für Geräusche sind. Das sind bestimmt die Geräusche, von denen dieser Klaus erzählt hat.“

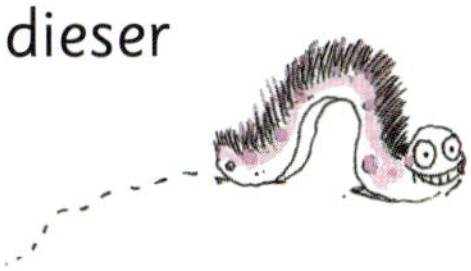

„Welcher Nikolaus?“, fragte Ben.

„Nein, einfach nur Klaus. Der arbeitet hier im Museum und hat oben den Dachboden aufgeräumt, weil das Museum renoviert und umgeräumt wurde“, erklärte Silvania. „Eigentlich macht er auch Führungen durch das Museum, aber er ist krank geworden. Deswegen hat unsere Oma die Führung übernommen.“

„Und angeblich ist er nicht einfach nur krank geworden.“ Daka riss dramatisch die Augen auf. „Er ist verrückt geworden!“

„Musst du immer übertreiben, Daka?“ Silvania verdrehte die Augen. „Er ist ein bisschen verwirrt.“

Daka zuckte mit den Schultern. „Verwirrt, verrückt. Ist doch Blutwurst. Jedenfalls ist da irgendwas und ich will herausfinden, was es ist. Vielleicht ein kleines Dachbodengespenst oder ein freches Staubmonster."

„So etwas gibt es nicht", sagte Greta.

„Woher willst du das wissen?", fragte Daka. „Uns gibt es doch auch!"

„Wir sind Menschen, oder?", entgegnete Greta.

„Äh, ja, klar", sagte Silvania schnell.

„Uns gibt es seit ungefähr 300.000 Jahren. Dafür gibt es Beweise. Für Gespenster gibt es keine Beweise", erklärte Greta.

„Schon gut", sagte Silvania schnell, bevor Daka Beweise dafür präsentierte, dass es Vampire oder Halbvampire gab.

„Also, seid ihr dabei?", wollte Daka wissen.

„Yes!" Ben grinste.

„Ich auch." Greta seufzte. „Obwohl ich es schade finde, die Führung durch das Museum zu verpassen. Eure Oma macht das wirklich interessant."

„Du bist echt eine Streberin." Daka gähnte demonstrativ. „Ich finde es eher langweilig."

„Was ist langweilig?", fragte auf einmal jemand hinter ihnen.

Die Vampirschwestern drehten sich um. Oma Rose. Sie hatte die Hände in die Seiten gestemmt und sah nicht sehr erfreut aus.

„Äh, nicimo, Oma Rose. Alles boibine." Daka setzte ihr liebstes Lächeln auf.

„Die ganze Gruppe wartet nur auf euch. Ich möchte weitermachen, sonst müssen wir noch die ganze Nacht hierbleiben", sagte Oma Rose.

„Aber es heißt doch auch *lange* Nacht im Museum!", meinte Daka.

„Ja, trotzdem. Ihr kommt jetzt mit und bleibt dicht bei mir. Ramanti Grupoi! Keine weiteren Aus*flüge*!" Oma Rose betonte besonders das Wort *Flüge* und warf Daka einen strengen Blick zu.

„Nehmt euch ein Beispiel an diesem Tom. Der läuft die ganze Zeit brav mit und stellt sogar interessante Fragen", meinte Oma Rose.

„Der stellt höchstens doofe Fragen", maulte Daka.

„Außerdem muss ich mal aufs Klo.“ Daka nickte Silvania, Greta und Ben unauffällig zu.

„Ich auch“, beeilten sich Silvania und Greta zu sagen.

„**Äh**“, machte Ben. „Ick auch.“

Oma Rose verschränkte die Arme vor der Brust und lächelte. „Ich weiß ganz genau, dass ihr nicht zur Toilette müsst. Ihr kommt jetzt alle mit in den nächsten Ausstellungsraum.“

Damit nahm sie Silvania und Daka an die Hand, und Greta und Ben trotteten hinterher.

„**Hmpf**“, brummte Daka Tom an, der ihr die Zunge rausstreckte, als sie wieder bei der Gruppe waren.

Oma Rose ließ die Vampirschwestern los, bedeutete ihnen aber, ihr zu folgen. „Bitte kommen Sie mit, meine Damen und Herren“, rief Oma Rose. „Als Nächstes wollen wir eine ganz besondere Ausstellung besuchen.“ Sie öffnete schwungvoll eine Tür. Die Besucher gingen hinein und leuchteten neugierig mit ihren Taschenlampen herum.

„Huch!“ – „Iiihhh!“ – „Wie schrecklich!“, riefen die Besucher.

„Wie interessantox!“, riefen die Vampirschwestern.

Alle blickten gebannt in die Regale. Überall standen große und kleine Gläser, in denen merkwürdige Objekte schwammen.

„Nanu!“, wunderte sich Oma Rose und drehte den Museumsplan in ihrer Hand hin und her. „Hier wollte ich gar nicht hinein. Das ist die sogenannte Nass-Sammlung des Museums. Aber diese Ausstellung ist nichts für schwache Nerven. Hier werden, ähm, kleine Tiere, Fossilien und äh, na ja ... gezeigt.“

Daka gluckste. „Lecker Froxli-Beine.“

Oma Rose wollte die Gruppe wieder zum Ausgang scheuchen, doch alle leuchteten weiterhin fasziniert auf die Gläser, um sich zu gruseln und zu ekeln.

„Nun ja", Oma Rose räusperte sich. „Also, die Flüssigkeit in den Gläsern besteht zu 70 % aus Alkohol und zu 30 % aus Wasser. Dadurch werden die Objekte darin konserviert, also haltbar gemacht. So kann man sie lange erhalten und ansehen oder untersuchen und erforschen."

„Oder mompfen", murmelte Daka. „Ich bekomme direkt Hunger, wenn ich mir all die Gläser so anschaue. Hier sieht es aus wie in Oma Zezcis Vorratskammer, findest du nicht auch, Silvania?"

Greta sah Silvania und Daka entsetzt an. „Was habt ihr denn für eine Oma?"

„Wieso?", fragte Daka. „Oma Zezci hat immer genügend Vorräte da für einen leckeren Blutkrustenbraten mit Knollenkäferpüree aus dem Glas. Und dazu holt sie frischen Wanzenpflanzensalat. Was kocht denn deine Oma so?"

Ben lachte. „Du bist echt funny, Daka. Richtig wit-

zig. Meine Oma macht die besten Burger mit Schimmelkäse und Nachtschnecken.“

„Wirklich? Klingt ultimo delizioso. Obwohl ich Käse nicht so mag“, meinte Daka, die nicht bemerkte, dass Ben einen Witz gemacht hatte.

„Es heißt *Nackt*schnecken, nicht *Nacht*schnecken“, mischte sich auf einmal Tom ein.

„Dich hat aber keiner gefragt.“ Greta drehte Tom den Rücken zu.

Als Oma Rose bat, den Raum wieder zu verlassen, machte Daka Silvania, Ben und Greta ein Zeichen. „Wir bleiben hier und gehen erst raus, wenn die anderen weg sind.“

Langsam zog Daka die drei anderen mit sich hinter ein Regal.

„Ich frag mich, was ihr da macht“, petzte Tom sofort. „Ich wette, ihr wollt euch von der Gruppe absetzen und alleine durchs Museum laufen.“ Den letzten Satz sagte er so laut, dass ihn Oma Rose hörte.

Sie kam zurückgelaufen und schüttelte den Kopf. „Nichts da. Hier läuft niemand allein durchs Museum.“

Wesen der Nacht

Es half alles nichts. Oma Rose hatte sich wohl fest vorgenommen, gut auf die Vampirschwestern aufzupassen und auf keinen Fall zuzulassen, dass sie alleine durch das Museum gingen.

„Wenn wir zu viert sind, sind wir doch gar nicht allein!", maulte Daka.

Auch Silvania und Ben machten lange Gesichter. Sogar Greta schien keine rechte Lust mehr auf Oma Roses Führung durch das Museum zu haben.

„Als Nächstes besuchen wir den geschichtlichen Teil des Museums", rief Oma Rose.

„Grmpf, auch das noch“, jammerte Daka. „Langweiliger geht’s nicht.“

Oma Rose öffnete schwungvoll eine Tür und ließ alle Besucher eintreten.

„Boi Fusel!“, wünschte sie den Vampirschwestern, die mit Ben und Greta als Letzte den Ausstellungsraum betraten.

Alle knipsten ihre Taschenlampen an und erschraken.

„Huch!“ – „Hilfe!“ – „Wie unheimlich!“, riefen die Besucher und Silvania.

„Hast du etwa Muffski vor ein paar toten Tieren?“, fragte Daka ihre Schwester.

Überall funkelten wilde Augen im Licht der Taschenlampen auf. Fuchsaugen, Wolfsaugen, Eulenaugen …

„Iiihhh, ausgestopfte Tiere finde ich ekelhaft!“, rief Greta.

„Ich dachte, du liebst Eulen!“, sagte Daka.

„Aber doch nicht so“, murmelte Greta.

„Ausgestopfte Tiere sind sehr interessant. Besonders die wilden Tiere. Man kann sie von ganz Nahem

betrachten“, mischte sich auf einmal Toms Opa ein. „Ich selbst bin Jäger und lasse alle meine erlegten Tiere ausstopfen.“

„Das stimmt.“ Tom nickte. „Und dann hängt er sie in seinem Jagdzimmer auf.“

„**Iiihhh!**“, rief Greta erneut.

„Bitte entschuldigen Sie“, murmelte Oma Rose. „Diesen Raum wollte ich eigentlich gar nicht zeigen. Ich dachte, hier wäre der Geschichtsraum.“ Oma Rose musterte mit zusammengezogenen Augenbrauen den Museumsplan.

„Du hältst den Plan falsch herum, Oma Rose“, flüsterte Silvania ihr zu.

„**Oh**“, rief Oma Rose und drehte den Plan um. „Ja, also, wir müssen da lang!“

Oma Rose und ihre Gruppenteilnehmer bahnten sich im Schein der Taschenlampen einen Weg aus der Halle, als ihnen plötzlich viele Lichter entgegenkamen.

„**Oje**, jetzt treffen wir auch noch die andere Gruppe, die gerade durchs Museum geführt wird“, jammerte Oma Rose.

„Jetzt gibt es Chaos“, flüsterte Silvania Daka zu.

Daka drehte sich grinsend zu Greta und Ben um. „Jetzt oder nie“, flüsterte sie.

Die beiden verstanden sofort. Zu viert mischten sich die Freunde unauffällig unter die entgegenkommende Gruppe.

„Halt!“, rief Oma Rose. „Die Gruppen müssen zusammenbleiben!“

„Hallo, Rose“, grüßte ein Mann. „Ich habe schon gehört, dass du heute für Klaus die Führung machst. Wenn du möchtest, kann ich den Vortrag in diesem Raum übernehmen.“

„Marco, das wäre großartig!“ Oma Rose wandte sich an ihre Gruppe. „Wir bleiben doch noch ein wenig in dieser Halle, Herr Ottens wird Ihnen etwas zu den Tieren der Nacht erzählen.“

„Genau, kommen wir also zu den Wesen der Nacht!“, rief Herr Ottens und leuchtete die Tiere in der Halle an. „Hier sehen wir den Wolf. Er jagt stets im Rudel ...“

„Fumpfs“, Daka verdrehte die Augen. „Jetzt haben wir die Gelegenheit verpasst, abzuhauen.“

„Ich habe eine Idee“, flüsterte Silvania Daka ins Ohr. „Wir fragen Oma Rose gleich, ob wir bei diesem Marco mitlaufen dürfen. Dann weiß sie, dass wir nicht allein sind, aber sie muss nicht mehr auf uns aufpassen.“

Daka nickte. „So machen wir es. Und bis dahin spiele ich noch ein wenig Wesen der Nacht auf der Jagd ...“

„Was hast du vor?“, fragte Silvania, doch Daka war schon in die Dunkelheit geflopst. Unsichtbar für die anderen Besucher, doch sichtbar für Silvania, schlich sich Daka von hinten an eine Frau heran und zog an ihrem Ärmel.

„**Huch!**“, rief die Frau erschrocken und leuchtete mit der Taschenlampe hinter sich. Daka wich dem Strahl geschickt aus und tippte einem Mann auf die Schulter.

„Ja, bitte?“, fragte der Mann und drehte sich suchend um.

„**Pst**“, zischte ein anderer Mann.

„**He!**“ – „Was war denn das?“ – „Was ist hier los?“, beschwerte sich ein Besucher nach dem anderen.

Silvania versuchte, Daka zu folgen und sie aufzuhalten, doch als sie hinter Tom stand, konnte sie nicht anders. Sie hatte Lust, ihn zu erschrecken. Langsam und geräuschlos, wie es nur Vampire können, näherte sie sich seinem Ohr.

„Buhu“, flüsterte sie und flopste sofort wieder weg.

„Hä?“ Tom fuchtelte erschrocken mit seiner Taschenlampe herum.

„Bitte die Taschenlampen ruhig halten und während meines Vortrags am besten ausschalten“, sagte Herr Ottens streng.

„Aber da war was!“, verteidigte sich Tom.

„Ruhe, bitte!“, rief ein Besucher und Herr Ottens fuhr mit seinem Vortrag fort.

Daka hatte Silvania beobachtet und flopste hinter Tom. Sie tippte ihn an die Schulter, und als er sich umdrehte, machte sie „Buh!“ und flopste schnell wieder weg.

„Hilfe!“, rief Tom.

„Was ist denn los mit dir, Junge?“, fragte sein Opa.

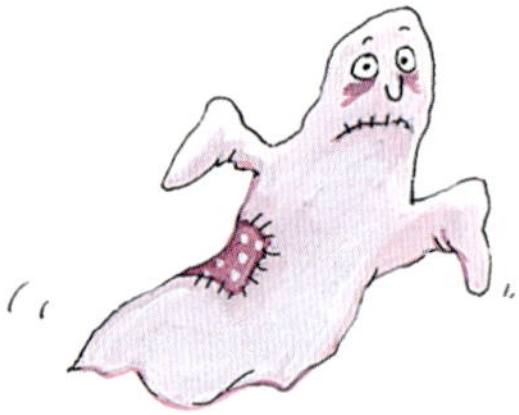

„Ich glaube, hier gibt es Gespenster!“, sagte Tom ernst.

„Gespenster gibt es nicht“, meinte sein Opa.

„Ich habe gehört, dass es hier im Museum welche geben soll“, mische sich Daka in das Gespräch ein.

„Strunz, Daka!“, rief Oma Rose warnend dazwischen.

„So ein Unsinn.“ Toms Opa lachte.

„Ich schlage vor, dass wir die Gruppen jetzt wieder trennen!“, rief Herr Ottens und hielt die Taschenlampe auf sein Gesicht, damit ihn alle sehen konnten. „Meine Gruppe folgt mir!“

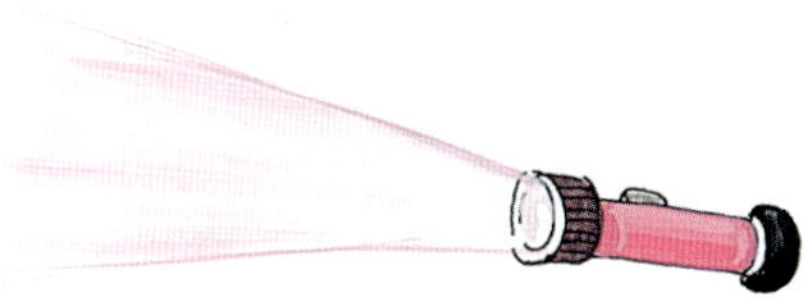

Oma Rose richtete ebenfalls den Schein ihrer Taschenlampe auf sich. „Und meine Gruppe folgt mir!“, rief sie.

Die beiden Besuchergruppen liefen gleichzeitig los und stießen sich gegenseitig an.

„Entschuldigung.“ – „Sorry.“ – „Skyzati“, sagten die Besucher und die Vampirschwestern, doch deren Stimmen waren schon bald nicht mehr unter denen der Besucher zu hören.

Silvania hatte Oma Rose schnell noch zugeflüstert, dass sie bei der anderen Führung mitlaufen wollten, und noch ehe Oma Rose widersprechen konnte, hatte sie sich mit Daka aus dem Staub geflopst.

Wobei sie streng genommen in einer sehr staubigen Ecke landeten, nämlich mitten in einer Wildschweinrotte. Den ausgestopften Tieren war offensichtlich schon lange nicht mehr das Fell gesäubert worden. Obwohl es Vampire generell staubig mögen, rieb sich Silvania die Nase, und plötzlich nieste jemand. Die Vampirschwestern sahen auf und erkannten Ben, der auf sie zukam. Hinter ihm lief Greta.

„Glaubt ihr, ihr könnt einfach so ohne uns abhauen?“, flüsterte Greta.

Silvania und Daka lächelten.

„Coolox“, meinte Daka. „Dann lasst uns herausfinden, woher die unheimlichen Geräusche in diesem Museum kommen.“

Ben und Greta nickten.

Die vier Freunde warteten, bis alle anderen Besucher die Halle verlassen hatten, und schlichen dann langsam zum Ausgang. Greta und Ben leuchteten sich den Weg mit ihren Taschenlampen, während die Vampirschwestern ihnen ohne Licht vorausliefen.

„Wieso schaltet ihr eure Taschenlampen nicht ein?“, fragte Greta.

„Ups!“, rief Silvania und schaltete schnell ihre Taschenlampe ein.

„Wieso? Wir sind Wesen der Nacht und können im Dunkeln hervorragend sehen“, sagte Daka.

„Haha“, machte Greta.

Silvania stupste Daka an, sodass diese stolperte. „Du Angeberin!“, rief sie. „Mit eingeschalteter Taschenlampe wäre dir das nicht passiert.“

„Bist du snips?“, fauchte Daka Silvania an. „Ich wäre fast hingefallen.“

„Dann hör auf, uns zu verraten“, zischte Silvania zurück.

„Genau das werde ich: euch verraten!“, rief in diesem Moment jemand und leuchtete den Vampirschwestern genau ins Gesicht.

„Aij!“ Silvania und Daka duckten sich schnell weg.

„Lass uns in Ruhe, Tom!“, rief Greta und leuchtete Tom ihrerseits direkt ins Gesicht. „Sonst verraten wir

nämlich dich. Du bist doch genauso von der Gruppe abgehauen." Tom hielt sich die Hände vor die Augen. „Weil ich wusste, dass ihr weglaufen wollt!"

„Na und?" Daka hatte sich wieder aufgerappelt. Toms Licht hatte sie und Silvania zwar voll getroffen, aber nur so kurz, dass es nicht weiter wehtat und auch kaum rote Flecken verursacht hatte.

„Wir machen jetzt unsere eigene Führung. Und zwar ohne dich!" Damit schubste Daka Tom zur Seite und rannte los. Silvania, Greta und Ben folgten ihr. Daka bog schnell um eine Ecke und zog die drei hinter einen großen Bären.

„Taschenlampen aus!", flüsterte Daka.

Als Tom an ihnen vorbeigerannt war, nahm Daka Ben an die Hand und Silvania schnappte sich Greta. Sie führten die beiden durch die dunkle Halle zur Tür. Tom leuchtete im hinteren Teil mit seiner Taschenlampe herum, ohne sie zu finden. Doch als Daka die Tür aufstieß, fiel Licht in die Halle und Tom rannte sofort auf den Ausgang zu. Schnell ent-

wischten die Freunde in den Flur und Silvania knallte die Tür hinter sich zu.

„Den sind wir los!", freute sie sich.

„Schnell, weg hier!", befahl Daka und rannte los. Greta, Ben und Silvania folgten ihr durch die schwach beleuchteten Gänge des Museums.

Es spuckt

Die vier Freunde rannten über die Flure und nahmen jede Treppe, die nach oben führte. Immer wieder hielten sie inne, um zu lauschen. Sie horchten, ob Tom sie vielleicht doch noch verfolgte. Sie versuchten herauszufinden, wo sich die zwei Besuchergruppen gerade aufhielten, um ihnen aus dem Weg zu gehen, und vor allem wollten sie wissen, woher die unheimlichen Geräusche kamen, die sie schon den ganzen Abend über immer wieder gehört hatten. Allerdings hatten sie die schon eine Weile nicht mehr gehört. Hatten sie sich alles nur eingebildet?

„Vielleicht werden wir auch verrückt, wie dieser Klaus“, bemerkte Daka düster, als sie eine Weile gelauscht hatten und sich nichts tat.

„Da gluckert was!“, rief Greta aufgeregt.

„Das ist nur mein Bauch, ich hab vorhin zu viel getrunken“, meinte Silvania.

„Da brummt was!“, bemerkte Ben.

„Das ist nur mein Magen, ich hab vorhin zu wenig gegessen“, sagte Daka.

Silvania sah sie kurz erschrocken an. Vampire durften niemals hungrig unter Menschen gehen und auch bei Halbvampiren konnte das gefährlich werden.

„Nicht weiter wild“, flüsterte Daka ihr zu. „Ich finde schon einen kleinen Mompf, dann geht es wieder.“

Silvania blickte sich schnell um, schnappte eine Fliege und steckte sie Daka unauffällig in den Mund.

„Datiboi“, sagte Daka.

Silvania winkte sie nahe an sich ran und flüsterte: „Komm, auch wenn Mama uns verboten hat, übernatürliche Kräfte anzuwenden, wir lauschen jetzt richtig!“

Daka nickte. Zu den übernatürlichen Kräften von Vampiren gehörte nicht nur das Flopsen, sondern unter anderem auch das Belauschen. Silvania konnte das besser als Daka und stellte sich aufrecht hin. Sie legte die Hände hinter die Ohren und schloss die Augen. Daka legte den Zeigefinger auf die Lippen und bedeutete Greta und Ben, still zu sein.

„Fledermucksmäuschenstill“, flüsterte Daka und

auch Kobix in ihrer Kapuze hinten machte keinen Fiep.

Silvania konzentrierte sich. Sie hörte Schritte, aber die waren zum Glück weit weg. Sie hörte Stimmen, die ebenso weit entfernt waren. Und dann hörte sie ein leises **Flap** ... dann noch eins und noch eins. **Flap, flap, flap!** Dazu ein sanftes **Huhuuu!**.

Silvania schlug die Augen auf. Daka nickte ihr zu. Sie hatte es auch gehört.

„Hast du was gehört?“, fragten Greta und Ben.

„Ja, wir müssen noch weiter hoch.“ Silvania lief voraus.

Schließlich führten keine Treppen mehr nach oben, nur ein schmaler Gang lag vor den vier Freunden. Ein schmaler Gang, von dem rechts und links viele Türen abgingen. Ben leuchtete die Türen ab. „Lagerraum 1, 2, 3 und so weiter steht da auf den Schildern.“

„Hier stellen sie alles ab, was sie unten im Museum nicht mehr brauchen, vermute ich“, sagte Greta.

„Look!“, rief Ben aufgeregt. „Diese Tür steht ein Stück offen.“ Er stieß die Tür vorsichtig mit dem Fuß auf.

QUIIIETSCH! Erschrocken sahen sich die Freunde an.

„Hoffentlich hat das niemand gehört“, wisperte Greta.

„Oder etwas!“ Daka riss die Augen auf und hielt sich die Taschenlampe unter das Kinn. „Huhuuu!“

„Daka, hör auf damit“, zischte Silvania. „Hier oben ist etwas, und solange wir nicht wissen, was es ist, müssen wir vorsichtig sein. Du weißt ganz genau, dass es mehr Wesen auf der Welt gibt, als man denkt.“

„Du hast ja recht“, murmelte Daka.

„Dann gehe ich lieber nicht da rein“, meinte Greta.

„Wir gehen“, befahl Daka. „Alle!“

Sie nahm Greta an die Hand und ging mit ihr voraus durch die Tür.

Silvania und Ben kamen hinterher. Alle vier leuchteten mit ihren Taschenlampen im Raum herum. Außer ein paar Kisten stand hier nicht viel.

„Iiihhh!“, kreischte auf einmal Greta. Ihre Hand flutschte aus Dakas.

„Wo ist Greta hin?“, fragte diese.

Silvania sah sich panisch um.

„Sie ist weg“, flüsterte Ben, der mit seiner Taschenlampe alles abgeleuchtet hatte.

„Ich bin nicht weg“, hörten sie es plötzlich dumpf neben sich sagen. Vor lauter Aufregung hatten die Vampirschwestern weder neben sich noch unter sich nachgesehen. Erst jetzt entdeckten sie den großen Sarg, der an der Wand unter der Schräge stand.

„Etwas hat meinen Kopf gestreichelt und dann bin ich hingefallen“, jammerte Greta.

Daka kicherte und leuchtete mit der Taschenlampe an die schräge Decke. „Dich hat ein Spinnennetz gestreichelt.“ Sie half Greta, sich aufzurichten, und wischte ihr die Spinnweben aus den Haaren und aus dem Gesicht.

„Da ist ja auch die Übeltäterin“, freute sich Daka, als sie die Spinne entdeckte. Sie nahm sie flink zwischen zwei Finger und steckte sie in den Mund.

„Iiihhh!“, kreischte Greta wieder.

Auch Ben schüttelte sich. „Ick habe einen Freund, der hat Regenwürmer gegessen. Aber Spinnen?“

Daka zuckte mit den Schultern. „Wieso? Regen-

würmer sind nicht schlecht, aber ein bisschen schleimig. Spinnen sind knackiger.“ Sie leckte sich genüsslich über die Lippen.

„**Aaahhh!**“, schrie Greta. „Da ist etwas!“

„Wo?“, riefen Silvania, Daka und Ben gleichzeitig.

„Unter mir!“ Greta versuchte, aus dem Sarg herauszukommen, in dem sie noch immer saß. Dabei stieß sie jedoch mit dem Kopf an die Decke und plumpste wieder hinein.

Schnell nahm Daka sie bei der Hand und zog sie heraus. Dann beugte sie sich über den Sarg. „Hallo?

Darf ich kurz Ihren Schlaf stören?“, sprach sie in den Sarg.

„Mit wem redest du denn?“, fragte Greta ängstlich.

„Keine Ahnung“, sagte Daka. „Das versuche ich gerade herauszufinden. Entweder ist es ein Vampir in Klopapier eingewickelt oder eine Mumie.“

„Das ist eine Mumie!“, stellte Ben fest, als er einen Blick in den Sarg geworfen hatte.

„**Iiihhh!** Ich habe auf einem Toten in einem Sarg gelegen“, rief Greta. „Wie gruselig!“

„Ich dachte, du findest Mumien so interessant?“, fragte Daka und grinste. Dann sagte sie hochnäsig: „Und außerdem heißt es Sarkophag, nicht Sarg.“

„**Haha**“, brummte Greta.

Huhuuu!, machte es da.

Jetzt hatten es auch Greta und Ben gehört. Wie elektrisiert standen die vier Freunde in der kleinen Dachkammer und starrten sich an.

„Es spuckt wirklich“, meinte Ben.

„Es ist irgendwo hier oben!“ Daka sah sich langsam um.

„Was denn überhaupt?“, wollte Greta wissen.

„Staubmonster, Dachbodengespenster … kann alles sein“, meinte Daka. „Am liebsten wäre mir ein kleiner Vampir!“

„Stoppsche, Daka!“, sagte Silvania ernst.

„Wieso?“ Daka war ebenso ernst. „Vielleicht gibt es ja Vampire hier oben? So wie es Flap! macht – das könnten Fluggeräusche sein.“

Flap, flap, flap!, hörte man in dem Moment.

Alle lauschten gespannt.

„Ich hab Angst“, flüsterte Greta. „Lass uns einfach hier rausgehen, nach unten laufen und deine Oma suchen.“

„Gumox!“, ärgerte sich Daka. „Wir sind lange genug mit Oma Rose durch dieses Museum gelaufen. Jetzt sind wir endlich frei und da, wo wir die ganze Zeit hinwollten.“

„Daka hat recht“, meinte Silvania. „Jetzt finden wir heraus, was hier oben ist. Ich pass auf dich auf, Greta. Weißt du, Daka und ich sind sehr stark.“

„Wieso solltet ihr stärker sein als ich?“ Greta runzelte die Stirn.

„Und als ich?“, wollte auch Ben wissen.

„Na ja“, begann Daka. „Unser Vater ist sehr stark. Das hat er uns vererbt. Und Silvania kann Saikato!“

„Cool!“, freute sich Ben, der nicht wusste, dass Saikato keine Kampfsportart war, sondern ein Tanz.

„Und wenn da wirklich etwas Gefährliches ist, können wir immer noch wegfliegen“, sagte Daka.

„Fliegen?“, wunderte sich Ben.

„Äh, die Fliege machen. Wegrennen“, sagte Silvania schnell.

Und dann hörten sie wieder etwas. Aber es war weder Flap, flap, flap noch Huhuuu!

„Hilfe!“, rief Greta. „Da ruft jemand um Hilfe!“

Die Vampirschwestern lauschten.

„Das klingt irgendwie nach Tom“, meinte Silvania.

„Das *ist* Tom“, stellte Daka fest. „Ich wette, der ist uns nachgeschlichen und will uns jetzt erschrecken.“

„Wie wäre es, wenn wir *ihn* erschrecken?“, fragte Silvania und zeigte auf eine Kiste, die halb geöffnet war. Greta und Ben leuchteten mit ihren Taschenlampen darauf. Eine gruselige Maske starrte ihnen entgegen.

„Die ziehe ich auf!“ Daka schnappte sich die Maske und zog sie auf.

„Du siehst aus wie ein Monster“, stellte Ben fest.

Silvania öffnete alle Kisten. Ben fand einen alten Ritterhelm, der ihm passte. Dazu bewaffnete er sich mit einem alten Knochen.

Silvania entdeckte ein Wildschweinfell. „Komm, Greta, da passen wir beide drunter.“

Greta versteckte sich mit Silvania unter dem Fell.

„Puh, das stinkt aber“, beschwerte sie sich, obwohl sie insgeheim froh war, nahe bei Silvania sein zu dürfen.

„Ich finde, dass es lecker riecht“, fand Silvania. „Erinnert mich an Papa.“

„Riecht dein Papa wie ein altes Wildschwein?“, fragte Greta entrüstet.

„Njöp“, sagte Silvania. „Nur wenn er eins gefuttert hat. Sonst eher nach Muffelmoder.“

„Ruhe!“, zischte Daka. „Wir gehen jetzt raus und erschrecken Tom!“

Monsteralarm

Daka schlich mit ihrer Monstermaske zur Tür und öffnete sie vorsichtig.

Quietsch, machte es diesmal, aber nur sehr leise. Daka sprang durch den Spalt geräuschlos auf den Flur. Silvania sah durch das Wildschweinfell, dass sie dabei ein klein wenig geflogen war, doch Ben, der direkt hinter Daka durch die Tür folgte, hatte nichts bemerkt. Er stieß mit seinem Helm leicht an der Tür an, doch auch das verursachte fast kein Geräusch. Dann tippelten Silvania und Greta unter ihrem Fell seitlich durch die Tür zu den anderen beiden, die in der Mitte des dunklen Ganges standen und lauschten. Bis auf die Tür, durch die sie gegangen waren, waren nach wie vor alle Türen verschlossen.

„Wir warten, bis wir wieder etwas hören“, schlug Daka vor.

Ben nickte. „Dann wissen wir, in welchem Zimmer Tom ist ...“

„HILFE!“, schrie jemand in dem Moment.

Es klang aber gar nicht wie Tom. Es klang wie jemand, der verzweifelt um Hilfe rief und in ernsthafter Gefahr war!

Daka und Silvania sprangen zum hinteren Ende des Ganges. Genau genommen flopsten sie, doch Ben konnte im Dunkeln durch seinen Ritterhelm nicht so viel erkennen, und Greta verschwand unter dem Wildschweinfell, als Silvania wegflopste.

„Da geht es noch weiter hoch!“, stellte Daka verblüfft fest.

Sie nahm Silvania an die Hand und flog kurz entschlossen mit ihr die steile Treppe hoch, die in einen Turm des Museums führte. Daka wollte die Tür öffnen, doch der Wind drückte sie gleich wieder zu.

Mit voller Kraft stemmten sich sie Vampirschwestern gegen die Tür. Als die endlich aufsprang, plumpsten sie in das Turmzimmer. Es war ein hoher Raum, von dicken Balken durchzogen.

Schnell rappelten sie sich auf. Ein umgekippter Kerzenleuchter lag auf einer verstaubten Kommode, ein paar Stühle standen herum. Ansonsten war der Raum leer.

„Da, die Balkontür steht offen! Daher der Durchzug!“ Silvania zeigte zu der altmodischen Glastür, die im Wind klapperte.

Und dann sahen sie es: zwei Hände, die sich an der Außenseite des Balkongeländers festhielten.

„Er fällt gleich runter!“, rief Silvania entsetzt.

Sie flopste mit Daka auf den Balkon. Es knirschte und knackte. Das Geländer würde jeden Moment abbrechen.

„HILFE!“, schrie Tom und strampelte verzweifelt mit den Beinen.

„Halt still!“, schrie Daka. Sie hob ab und flog hinunter zu Toms Füßen, die gefährlich in der kalten Nachtluft hin und her baumelten.

Silvania packte Tom an den Handgelenken. Überrascht sah er sie an. „Beruhig dich, Tom“, rief Silvania. „Wir helfen dir!“

Silvania gelang es, seine Hände fest in ihre zu nehmen. Unten sah sie, wie Daka Toms Füße packte und Kobix aufgeregt um sie herumflatterte.

Die Vampirschwestern blickten sich in die Augen. „Onu, zoi, trosch!“, zählten sie laut, und dann zog

Silvania, so fest sie konnte, und Daka strampelte wie verrückt mit den Beinen, um Tom nach oben zu schieben.

„HILFE!“, kreischte Tom, der überrascht nach unten gesehen hatte. „Ein schwarzes Monster! Es will mich runterziehen!“

„Sieh nicht nach unten!“, schrie Silvania ihn an. „Schau mir in die Augen!“

Doch Tom war völlig in Panik. „Es will mich entführen!“ Er strampelte mit den Beinen und erwischte Daka am Bauch. Die ließ ihn los und er rutschte fast aus Silvanias Händen. Sie fasste nach und konnte ihn gerade noch festhalten.

Daka flog wieder ein Stück hoch und hielt Toms zappelnde Beine fest. Endlich hielt er still, ganz im Gegensatz zu Daka. Die strampelte, so stark sie konnte, und es gelang ihr, Tom etwas nach oben zu schieben.

„Ui, ui, ui“, fiepte Kobix, der ebenfalls mithalf.

Daka schob und Silvania zog.

Tom hatte die Augen geschlossen und jammerte. „Hilfe, Mama!“

Endlich gelang es Silvania, Tom bäuchlings auf das Geländer zu hieven. Daka strampelte noch einmal so fest sie konnte. WUPP! Mit einem Ruck flog Tom über das Geländer. Und mit ihm die Vampirschwestern! Silvania landete auf dem Rücken, Tom plumpste auf sie drauf, und Daka hatte so viel Schwung gehabt, dass sie auf Toms Rücken landete.

So lagen die drei einen Moment lang schwer atmend auf dem kleinen Balkon.

„Das war verdammt knaps!“, stöhnte Daka.

KRRRMMM, machte es da. Erschrocken blickten die drei auf. Das Balkongeländer brach endgültig ab und fiel in die Tiefe.

„Mama!“, schrie Tom entsetzt.

„Puh, das war knaps!“ Daka flopste schnell ins Turmzimmer und zog Tom mit sich. Auch Silvania rappelte sich auf und flopste in das Zimmer hinein.

Sie landete auf Tom, der wiederum auf Daka gefallen war. Mühsam rappelten die drei sich auf. Daka zog dabei ihre Maske ab und schleuderte sie durch die Balkontür nach draußen.

„Daka?“, fragte Tom verwirrt. „Wo kommst du denn her?“

„Aus der Tiefe der Nacht“, brummte Daka.

Tom zuckte zusammen. „Da war ein Monster! Ein schwarzes Monster!“, flüsterte er mit großen Augen.

„Daka, merkst du nicht, dass Tom unter Schock steht?“, meinte Silvania und nahm Tom an die Hand. „Tom, du bist in Sicherheit!“

„Silvania.“ Tom sah Silvania mit großen Augen an. „Du hast mich gerettet. Du hast mich vor dem Monster gerettet!“

„Nein, Tom. Ich habe dich vorm Runterfallen gerettet. Monster gibt es nicht“, sagte Silvania.

„Wo sind die Monster?“, rief auf einmal Ben unter seinem Ritterhelm hervor und stürmte mit erhobenem Knochen in das Turmzimmer. Greta folgte ihm langsam. Das Wildschweinfell hatte sie nicht mehr an.

„Hier gibt es keine Monster!“, rief Daka. „Nur Tom.“

Mit ihrer Taschenlampe leuchtete Greta erst auf Silvania, dann auf Daka und schließlich auf Tom.

„Ah“, rief der erschrocken. „Das Licht ist so hell!“

„Ach, echt?“, murmelte Daka.

„Hier war ein Monster!“, rief Tom aufgeregt. „Es ist geflogen und wollte mich in die Tiefe ziehen.“

Daka schnaubte. „So ein Gumox! Du bist ganz allein vom Balkon gefallen und hast dich dann im letzten Moment am Geländer festgehalten.“

„Aber da war ein Monster, das wollte mich runterziehen.“ Tom fuhr sich verwirrt durch die Haare. Dann bemerkte er, wie Greta und Ben ihn ungläubig ansahen, und er räusperte sich. „Also, ich dachte, da wäre ein Monster gewesen. Aber Monster können nicht fliegen, oder?“

Silvania und Daka schüttelten den Kopf.

„Dann war es ein Gespenst!“, rief Tom. „Ein schwarzes Gespenst!“

„Aber es gibt auch keine Gespenster“, meinte Greta.

„Und wenn, dann sind sie weiß“, merkte Ben an.

„Ob schwarz oder weiß – ist doch egal!“, rief Silvania.

„Genau, Hauptsache gesund, sagt Mama immer“, murmelte Tom.

Greta runzelte die Stirn. „Tom?“ Dann zischte sie Ben und den Vampirschwestern zu: „Ist er jetzt verrückt geworden? Wie dieser Klaus?“

Silvania schüttelte den Kopf. „Ich glaube, er steht unter Schock.“

„Oh, dann müssen wir ihn hinlegen“, meinte Ben. „Meine Eltern sind Doctors, ich weiß, was zu tun ist!“

Ben legte seine Hände sanft auf Toms Schultern und der legte sich bereitwillig auf den Boden. „Er muss die Füße hochlegen“, sagte Ben und sah sich um. Greta rückte einen Stuhl heran.

„Iiihhh, da ist was Schleimiges auf der Lehne“, kreischte sie.

„Pst, Tom braucht Ruhe“, flüsterte Ben.

„Aber da ist was an meiner Hand“, beschwerte sich

Greta. Sie leuchtete mit ihrer Taschenlampe. „Es ist weiß mit schwarz, iiihhh, hier sind überall auf dem Boden schwarz-weiße Flecken."

„Könnt ihr jetzt mal mit diesem Schwarz und Weiß aufhören?", meinte Daka genervt.

„Da!" Tom streckte den Arm aus und zeigte mit zitterndem Zeigefinger zur Balkontür. „Gespenster! Weiße Gespenster! Hilfe, Mamaaa!"

Die Vampirschwestern drehten sich um und in dem Moment hörten es alle: „Huhuuu!"

Schmetterlinge der Nacht

Und dann sahen sie es: Gegen den schwarzblauen Nachthimmel hoben sich zwei riesige Gestalten ab. Weiße, geschwungene Flügelpaare glitten durch die Dunkelheit. Geschmeidig und völlig geräuschlos schwebten die eleganten Gestalten immer näher. Ihre Gesichter waren herzförmig und weiß. Mit großen, funkelnden Augen blickten sie die Kinder im Turmzimmer neugierig an.

„Riesige Nachtschmetterlinge“, wisperte Daka.

Dann flogen die weißen Wesen geräuschlos durch

die geöffnete Balkontür und verschwanden im Gebälk des Turmzimmers.

„Das waren Eulen“, bemerkte Ben, der mit seiner Taschenlampe geleuchtet hatte.

„Schleiereulen“, wusste Silvania.

„**Iiihhh!**“, rief Greta.

„Du liebst doch Eulen“, wunderte sich Daka zum zweiten Mal in dieser Nacht.

„Aber dann habe ich eben in Vogelkacke gefasst!“, jammerte Greta.

Silvania, Ben und Daka kicherten.

Nur Tom machte keinen Mucks mehr. Er war vor lauter Schreck unbemerkt in Ohnmacht gefallen.

Flap, **flap**, **flap!**, machte es plötzlich.

„Da ist das Geräusch wieder!“ Daka wäre am liebsten sofort an die Decke geflogen, um nachzusehen, doch Silvania hielt sie im letzten Moment fest.

Ben und Greta leuchteten mit ihren Taschenlampen an die Balken, die das Dach des Turmzimmers durchzogen.

„Da!“ Daka nahm Ben an die Hand und führte

den Lichtstrahl dahin, wo sie etwas Bewegung in der Dunkelheit gesehen hatte.

„Ooohhh“, sagten die Vampirschwestern, Ben und Greta im Chor: Vier kleine Schleiereulen saßen da nebeneinander auf einem der alten Balken.

„Babyeulen!“, juchzte Greta.

„Küken heißen die!“, sagte Silvania.

„Ihr spuckt also hier im Museum herum!“, stellte Ben fest.

„Die sehen total flauschig aus mit ihren Federn!“, schwärmte Greta.

„Das heißt Flaum“, korrigierte Daka.

„Sieht aus wie Watte“, meinte Greta.

Verzückt blickten die vier Freunde nach oben.

„Mit etwa sechs Wochen verlassen die noch flugunfähigen Jungen das Nest. Mit kraftvollen Sprüngen bewegen sie sich vorwärts. Erste Flugversuche werden mit drei Monaten gemacht.“ Silvania hielt auf einmal einen kleinen Vortrag.

Daka sah sie irritiert an.

„Das hat doch dieser Herr Ottens vorhin erzählt“, meinte Silvania.

„Stimmt.“ Greta nickte. „Die vier hier können bestimmt bald fliegen. Aber noch sind sie süße Babys! Ich würde sie am liebsten streicheln“, seufzte Greta.

„Flieg doch hoch!“, schlug Daka vor.

Greta sah sie ungläubig an.

„Äh, wink doch hoch!“, sagte Silvania schnell. „Das muss reichen!“

„Seht, da sind die Eltern, die eben herbeigeflogen sind!“ Silvania zeigte zur Seite und Greta leuchtete in dieselbe Richtung.

Majestätisch saßen die großen Vögel da und starrten zu ihnen hinunter. Völlig reglos. Minutenlang wagten die Kinder kaum zu atmen.

Bis plötzlich ein weiterer Nachtschmetterling durch den dunklen Raum flatterte. Ein kleiner schwarzer Flattermann!

„Oh, njop! Kobix!", rief Daka entsetzt. Ohne nachzudenken, hob sie ab, schnappte sich die kleine Fledermaus im Flug, bevor die von den Eulen geschnappt werden konnte, und landete wieder.

Greta und Ben starrten sie mit offenem Mund an.

„Was denn?", fragte Daka.

„Du ...du ... du bist gerade geflogen!", stammelte Greta.

„Nein. Daka ist nur gesprungen", wandte Silvania schnell ein. „Sie ist sehr sportlich, das weißt du doch."

„Ich hatte solche Angst, dass Kobix von den Euleneltern gefangen wird, deshalb konnte ich plötzlich so hoch springen", behauptete Daka und steckte Kobix tief in die Kapuze ihres Pullovers.

„Von wegen Eltern – wollte Tom nicht zu seiner Mama?", lenkte Silvania Greta schnell ab.

Alle blickten zu Tom. Ben hielt ihm die Taschenlampe ins Gesicht. „Hello, Tom, aufwachen!“

Tom blinzelte. Ben lenkte den Strahl der Taschenlampe hoch auf die Balken.

„Look, Tom. Hier sind deine Gespenster“, sagte er.

„Das ... sind ... Eulen!“ Tom rieb sich mit der Hand über das Gesicht und stand langsam auf. „Schleiereulen!“

Einige Augenblicke schien auch Tom fasziniert zu den kleinen flauschigen Bällen mit den herzförmigen Gesichtern aufzuschauen. Doch dann erschien in seinem Gesicht ein Grinsen. Ein fieses Grinsen.

„Das muss ich meinem Opa erzählen. Schleiereulen fehlen noch auf seiner Liste“, murmelte er.

„Welche Liste?“, fragte Silvania alarmiert.

„Opas Jagdliste!“, sagte Tom.

„Wie bitte?“, fragte Daka.

„Ich habe euch doch erzählt, dass mein Opa Jäger ist.“ Tom sah Daka herausfordernd an. „Und wenn er ein Tier erlegt hat, lässt er es ausstopfen und stellt es in sein Jagdzimmer.“

„Aber das darf er nicht!“, rief Greta entsetzt. „Die kleinen Küken sind so süß und brauchen ihre Eltern.“

„Dann stopft er eben alle aus!“, knurrte Tom.

„Das darf er wirklich nicht. Eulen stehen unter Naturschutz, sie sind vom Aussterben bedroht!“, sagte Silvania.

„Na und? Früher oder später sterben sie sowieso“, meinte Tom.

„Nix na und!“, fauchte Daka.

„Ehrlich gesagt, warst du mir lieber, als du unter Schock standst, Tom!“, sagte Silvania und zwinkerte Daka zu.

Daka verstand sofort: „Ja, da warst du so süß! Wie ein kleines Baby hast du von Monstern gefaselt und nach deiner Mama geschrien! Hilfe, Mama, hilf mir, **buhuhuuu!**“

Tom wurde rot, versuchte aber, cool zu bleiben. „Na und?“

„Tja, nix na und.“ Daka verschränkte die Arme vor ihrer Brust. „Wenn du willst, dass niemand davon erfährt, dann erfährt auch niemand etwas von den

Schleiereulen. Schon gar nicht und niemals dein Opa. Nici doi viati, kapitox?“

Tom verzog den Mund. „Hm“, brummte er.

„Was hast du gesagt?“, fragte Silvania.

„Ja, kapiert“, murmelte Tom.

„Wenn diesen Schleiereulen etwas passiert, bist du dran, Tom!“ Daka sah Tom mit blitzenden Augen an.

Tom nickte, doch dann grinste er. „Ihr wisst doch gar nichts von mir, ihr könnt mir gar nichts!“ Damit rannte er aus dem Zimmer.

„Hackifalli!“, rief Daka und flopste zur Tür. Silvania hinterher.

Im Turmzimmer sahen sich Greta und Ben ungläubig an.

„Wow, Silvania ist auch echt mega sporty“, staunte Ben.

Draußen war Tom noch nicht weit gekommen. Daka packte ihn im Flug an der Schulter und riss ihn herum.

„Glaubst du das wirklich?“, fragte Silvania und trat nahe an Tom heran. „Dass wir nichts über dich herausfinden können?“ Sie fauchte leise. Wie ein hungriger Vampir.

„Wir finden alle deine Freunde und erzählen ihnen, was du für ein Baby bist und dass du an Monster glaubst!“

Auch Daka kam knurrend und fauchend auf Tom zu. „Nimm dich in Acht vor uns“, flüsterte sie ihm ins Ohr. „Und von wegen Monster. Das Monster, das du vorhin gesehen hast, das war ich!“

„Daka, nicht!“, rief Silvania, doch es war zu spät.

Daka hob ab und flog fauchend um Tom herum.

Der riss entsetzt die Augen auf. „Mamaaa!“, schrie er und rannte, so schnell er konnte, davon.

Daka wollte hinterherfliegen, doch Silvania zog sie hinunter auf den Boden. „Genug, Daka!“, zischte sie. „Wieso bist du geflogen? Wenn er das jemandem erzählt ...“

„Das glaubt ihm eh keiner“, sagte Daka. „Wenn er noch mit Monstern anfängt, wird er ausgelacht.“

„Hoffentlich“, murmelte Silvania.

„Was habt ihr mit ihm gemacht?“, fragte Ben, der mit Greta die steile Treppe hinunterlief.

„Ein bisschen Angst haben wir ihm gemacht, aber das geht ja leicht bei ihm.“ Daka grinste. „Wollen wir jetzt noch ein bisschen Babyeulen streicheln?“

„Wie soll das denn gehen?“, fragte Greta.

„Ich hab da einen Trick!“ Daka zwinkerte Greta zu.

„Daka. Njop fuglir!“, mahnte Silvania.

Daka lachte und flopste die steile Treppe hoch. Im Turmzimmer flog sie nah an den Balken zu den Euleneltern.

„Huhuuu“, machte Daka. Sie hoffte, dass die Eltern sie verstanden.

Die sahen sie eine Weile reglos an, dann bewegte eine der Eulen leicht den Kopf.

„Das heißt Ja, oder?“ Daka flog zu den Küken und streckte die Hände aus. Eins der Küken hüpfte hinein und ließ sich von Daka auf den Boden fliegen.

Daka war gerade gelandet, als die anderen hinzukamen.

„Oh, wie schön sich das anfühlt“, schwärmte Greta. „Aber wie hast du das Küken da runtergeholt, Daka?“

„Ich bin halt sportlich“, meinte Daka.

„Und wie kommt das Küken jetzt wieder nach oben?“, fragte Ben.

In dem Moment flatterte die kleine Eule in Dakas Hand mit den Flügeln.

Flap, flap, flap!

Daka hielt die Hände nach oben und gab der Eule etwas Schwung. Etwas wackelig hob die kleine Eule ab und flatterte hoch zu ihren Geschwistern.

„Jetzt wissen wir auch, was da immer flap, flap, flap gemacht hat! Fluggeräusche, wie ich vermutet habe“, rief Daka.

„Die kleinen Eulen üben fliegen!“, freute sich Silvania. „Sie werden groß!“

„Wer hätte gedacht, dass es hier im Museum echte Eulen gibt!“, sagte Greta.

„Besser als spuckende Gespenster“, meinte Ben.

Die Freunde lachten. Und dann winkten sie den Schleiereulen zu, riefen sanft „Huhuuu!“ und liefen aus dem Turmzimmer. Sie rannten hinab in den

Gang mit den vielen Türen und immer weiter hinunter, bis sie wieder ganz unten in der Eingangshalle ankamen. Dort versammelten sich gerade die beiden Gruppen wieder unter dem Dinosaurier.

„Huhuuu! Da seid ihr ja!“, rief Oma Rose und winkte.

Der schwarze Schleier

„Huhuuu, Oma Rose!“, riefen die Vampirschwestern und lächelten ihr unschuldigstes Lächeln.

„Nicht schon wieder huhuuu, Hilfe!“, jammerte Tom, der dicht neben seinem Opa in Oma Roses Gruppe stand.

„Nanu, Tom, was ist denn mit dir los?“, wunderte sich Oma Rose. „Du siehst aus, als ob du ein Gespenst gesehen hättest!“

„Viele Gespenster ...“, begann Tom. „Mo... Mo... Mo..., fliegende Mo... Mo... Mo...!“

„Motten?“, half Daka weiter, die inzwischen auch

mit den anderen am Dino angekommen war.

„Monster!“, brach es aus Tom heraus, als er Daka sah. Er griff nach der Hand seines Opas und versteckte sich hinter ihm.

„Was hast du denn, Junge?“, fragte Toms Opa.

„War echt monstercool im Museum, fand ich auch, Tom!“, Daka grinste.

„Du bist ein Monster!“, wisperte Tom.

„Und du hältst die Klappe“, zischte ihm Daka zu.

„Daka, was ist passiert?“, fragte Oma Rose fast tonlos.

„Gar nichts!“ Daka hob die Hände. „Ich glaube, Tom hat Angst im Dunkeln.“

„Und er hat zu viel Fantasie“, bekräftigte Silvania.

„So, so“, murmelte Oma Rose.

„Schleier“, sagte Tom. „Schleier ... Eu...“

„Was redest du da, Tom?“, fragte Toms Opa und schüttelte seinen Enkel. „So kenne ich ihn gar nicht.“

„Er redet wirres Zeug“, meinte Silvania. „Denk an den schwarzen Schleier des Vergessens!“, zischte Daka eindringlich in Toms Richtung.

„Komm, Tom. Wir gehen nach Hause. Das lange Aufbleiben ist dir nicht gut bekommen.“ Toms Opa schob Tom vor sich her, der verwirrt vor sich hin brabbelte. „Monster, Schleier, Gespenster …“

Oma Rose sah Tom nachdenklich hinterher. „Was habt ihr mit ihm angestellt?“, fragte sie die Vampirschwestern.

„Sie können wirklich super erklären, Frau Rose“, fiel Greta schnell ein. „Danke, dass Sie uns mit ins Große Museum genommen haben. Es war höchst interessant.“

„Und dieser Herr Ottens hat es auch sehr gut gemacht“, behauptete Silvania. „Danke, dass wir bei ihm mitlaufen durften, Oma.“

„Ach ja?“ Oma Rose sah ihre Enkelinnen durchdringend an. „Marco hat mir gesagt, er hätte euch nicht gesehen. Ihr seid nicht zufällig aus*geflogen*?“ Oma Rose betonte das Wort geflogen.

„Wir doch nicht! Er hat uns einfach nicht beachtet, weil wir uns sehr unauffällig benommen haben“, sagte Daka. „Wie ich es dir versprochen habe, niemand wird mich bemerken!“

„Klarox“, murmelte Oma Rose. „Und ihr wart nicht zufällig auf dem Dachboden?“

Oma Rose zog Greta ein wenig Spinnenfaden aus dem Haar und entdeckte eine Feder in Dakas Haaren.

„Dachboden?“ Ben tat unwissend. „Was heißt das? Meine Mutter ist in Deutschland geboren, aber ich wohne immer in Amerika, deswegen kenne ich nicht alle Wörter.“

Silvania und Daka zwinkerten Ben zu. Er spielte hervorragend mit.

„Wie auch immer.“ Oma Rose wandte sich an Ben: „Deine Eltern haben dich übrigens gesucht.“

„Oh, yes – ich sehe sie.“ Ben winkte seinen Eltern zu. „Ich muss gehen. Daka, Silvania, Greta – hat mich gefreut, euch kennenzulernen!“ Ben hob seine Hand und wollte die Mädchen abklatschen, doch Daka verpasste ihm eine ordentliche Kopfnuss, wie es unter Vampiren üblich war.

„Hey, was war das?“ Ben rieb sich die Stirn.

„So begrüßen wir uns in Transsilvanien“, erklärte Daka.

„Okay, interessant“, murmelte Ben. „Meine Eltern und ich reisen durch Europa, vielleicht fahren wir mal dahin“, meinte Ben.

„Dann ruf uns an“, sagte Silvania. Sie verpasste Ben ebenfalls eine Kopfnuss, aber eine ganz sanfte.

In dem Moment krabbelte Kobix aus Dakas Kapuze und wollte wieder oben auf den Dinosaurierkopf fliegen, doch Daka bemerkte es und flog kurz hoch, um ihn zurückzuholen.

„Sie haben auf jeden Fall sehr sportliche Engelinnen“, sagte Ben zu Oma Rose.

Oma Rose lachte. „Engel? Du meinst Enkel. Und ja, sie sind sehr sportlich. Fast *zu* sportlich!“

Daka grinste. „Sport ist doch sehr gesund!“

„Und Schlaf auch! Gute Nacht, Ben“, rief Oma Rose.

Die Vampirschwestern und Greta winkten Ben zu, der mit seinen Eltern das Museum verließ.

„Ich habe mit Elvira telefoniert, sie holt uns gleich ab. Ihr Malkurs ist vorbei“, informierte Oma Rose die Mädchen. „Gebt mir eure Taschenlampen, ich bringe sie an den Empfang zurück, dann treffen wir uns vor dem Eingang.“

Noch bevor die Vampirschwestern und Greta losgehen konnten, schepperte es. Vielmehr klapperte es. Tack, tick, tock, tack, tatata tick, tack, erklang eine schaurige Melodie. Als würde das Dinoskelett neben ihnen Tango tanzen.

„Das ist unser Knochifon!“, rief Silvania und zog den schwarzen Knochen aus ihrem Rock.

„Papa?“, meldete sie sich.

„Boi Noap, moi Miloba!“, rief Mihai ins Knochifon. „Ich wollte hören, wie es euch geht?“

„Boibine, Papa. Wir waren mit Oma im Museum und gleich holt uns Mama ab“, sagte Silvania.

„Habt ihr schon ihr Bild gesehen?“, fragte Mihai.

„Nein, sie holt uns ja erst ab“, wiederholte Silvania. „Und was machst du?“

„Ich habe einen Spazierflug mit Onkel Vlad unternommen und jetzt trinken wir noch ein frisch gezapftes Blutbier zusammen.“ Mihai rief so laut in den Hörer, dass Greta alles mit anhören konnte. Auch Mihais fröhliches Schlürfen!

Ausnahmsweise rettete mal Daka die Situation. „Trinkt dein Vater auch gerne Bier?“

Greta nickte zögerlich. „Ja, schon, aber nicht mit Blu…“

„Blubber? Das ist eine transsilvanische Spezialität. Bier mit Blubber. Blubberbier“, quasselte Daka los. „Trinken alle Männer gern.“

„Blubber? Was soll das sein?“, fragte Greta.

Daka zuckte mit den Schultern. „Keine Ahnung. Aber soll gut schmecken.“

„Azdio, Papa“, beendete Silvania das Gespräch und zog Greta zum Ausgang.

Daka vergewisserte sich, dass Kobix in ihrer Kapuze war, und folgte ihnen.

Am Empfang winkte sie Frau Ottens zu, die ebenfalls gerade aufbrechen wollte. „Huhuuu, Grüße an Klaus!“

Frau Ottens lachte. „Huhuuu! Werde ich ausrichten. Gute Nacht.“

Vor dem Museum parkte schon Elvira in ihrem rostrosaroten Auto. Sie kurbelte das Fenster hinunter, als die Mädchen mit Oma Rose herankamen. „Bitte alle einsteigen!“

„Zu dritt ist es ja noch enger hier drin“, maulte Daka, als sie sich mit Silvania und Greta auf den Rücksitz quetschte.

„Was soll ich denn da sagen?“, fragte Oma Rose.

Die Mädchen blickten nach vorne. Oma Rose saß auf dem Beifahrersitz und hatte ein riesiges Bild auf dem Schoß.

„Mama, ist das dein neues Kunstwerk?“, fragte Silvania.

Elvira lachte stolz. „Ja, ganz genau. Der Nachtmalkurs hat riesigen Spaß gemacht. Wir haben das

Licht auf uns wirken lassen und dann sollten wir einfach malen, was uns in den Sinn kam."

„Oh, dürfen wir das Bild sehen?" Greta schob sich neugierig zwischen die Vordersitze.

„Ansehen ja, anfassen nein, die Farbe ist noch feucht", sagte Elvira.

Oma Rose drehte das Bild vorsichtig, sodass man es von der Rückbank aus sehen konnte.

Greta starrte auf das Bild, doch obwohl die Lichter der Straßenlaternen das Auto erhellten, konnte sie nichts erkennen.

„Können Sie mal das Licht anmachen? Man sieht gar nichts", meinte Greta.

„Das liegt daran, dass es schwarz ist", meinte Silvania.

„Nachtschwarz", schwärmte Elvira. „Mihai wird es lieben!"

„Aha", sagte Greta. „Frau Rose, Sie sind doch Kunstexpertin – wie gefällt Ihnen das Bild?"

„Ja, Mama, wie gefällt es dir?", wollte auch Elvira von Oma Rose wissen.

„Nun ja, es ist sehr ... ausdrucksstark. Sehr ...

dunkel ... schwarz ... sehr interessant!“, meinte Oma Rose.

„Danke, Mama. Waren meine Mädels lieb?“, fragte Elvira weiter.

„Sehr lieb“, bestätigte Oma Rose. „Wenn auch sehr sportlich!“

„Sportlich?“, fragte Elvira.

Greta nickte begeistert. „Daka ist echt supersportlich. Die kann so hoch hüpfen, dass man denkt, sie würde fliegen!“

„Wie bitte?“ Elvira fuhr vor Schreck einen kleinen Schlenker.

„Und sie hat sogar einer kleinen Eule das Fliegen beigebracht!“, schwärmte Greta.

„Wie bitte?“ Oma Rose drehte sich erschrocken um.

Und dann erzählten die Vampirschwestern und Greta abwechselnd doch noch alles, was passiert war. Von den Geräuschen, dem Dachboden und den Schleiereulen. Nur Tom erwähnten sie nicht.

„Und warum war dieser Tom so verwirrt?“, hakte Oma Rose nach. „War der bei euch?“

„Äh“, machte Daka.

„Ich vermute, er hat die Geräusche auch gehört und war deswegen so verwirrt. Wie dieser Klaus!“, rief Silvania.

„Ach je, Klaus! Dem muss ich dringend erzählen, wer da auf dem Dachboden haust. Der arme Kerl glaubt sonst noch weiter an Gespenster“, sagte Oma Rose.

„Aber den Eulen passiert dann nichts, oder?“, fragte Silvania besorgt.

„Was soll ihnen denn passieren?“, wunderte sich Oma Rose.

„Vielleicht will sie jemand ausstopfen?“, befürchtete Greta.

„Auf keinen Fall!“ Oma Rose schüttelte den Kopf. „Eulen stehen außerdem unter Naturschutz.“

Die Vampirschwestern und Greta atmeten auf.

Oma Rose lachte. „Wir können damit sogar Werbung machen. Ich habe einen tollen Titel für die nächste lange Nacht im Großen Museum: Nachteulen im Museum!“

Die Vampirschwestern grinsten sich an und nickten: „Klingt sogar fast wie ein spannendes Buch!“

Wörterbuch

Vampwanisch	**Deutsch**
Aij!	Autsch!
Azdio!	Tschüss!
Boi Apetit	Guten Appetit
Boi Fusel	Viel Spaß
boibine, boi	super, toll, schön
Boi Noap	Gute Nacht
Boi Searo	Guten Abend
coolox	cool
datiboi	danke
delizioso	lecker
fantazyca	wunderbar, einmalig
Froxli	Frosch
fuglir	fliegen
Fugli Noap	Nachtflug
Fumpfs	Mist, Kacke
Fusel	Spaß

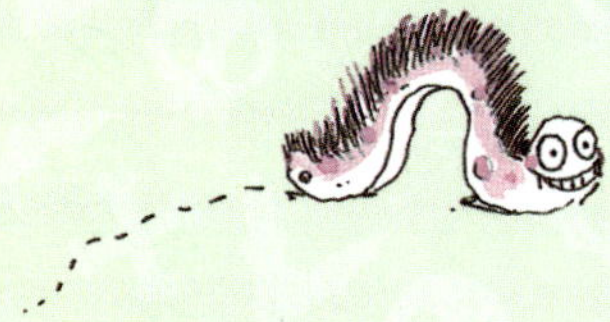

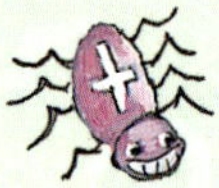

grozliv	schrecklich, schaurig, unheimlich
Grupoi	Gruppe
Gumox	Quatsch
Hackifalli!	Hinterher!
interessantox	interessant
kapitox	kapiert
klarox	klar
knaps	knapp
logix	logisch
moi Miloba	meine Liebe
Mompf	Snack, Zwischenmahlzeit
mompfen	mampfen, futtern
Muffski	Angst, Schiss
Museumsk	Museum
Nici doi viati	Nie im Leben
nicimo	nichts
njop	nein
njöp	nö
Njoppi Problemski	Kein Problem

Omke	Kopf
pitschko	bitte
ramanti	bleiben, ihr bleibt
rapedadi	schnell, sofort
ropscho	okay, in Ordnung, na gut
Schlotz zoppo!	Ach du meine Güte!/ Ach du Schreck!
Shnux	Süßigkeiten, Schnuckzeug
shuspektoi	seltsam, komisch
Skyzati	Entschuldigung
snips	verrückt
spuipate	spucken
Stoppsche!	Halt!, Stopp!
Strebix	Streber(in)
Strunz	Ruhe
sutzi	süß
tschemu	warum, wieso
ublix	übel, schlecht
ultimo	sehr, total
unbequemix	unbequem

Witzki	Witz
witzkik	witzig
zensatoi futzi	supermegawahnsinns-enormsensationellver-blüffendausgezeichnet

Zählen auf Vampwanisch:

onu	1
zoi	2
trosch	3
ziri	4
fom	5
shoist	6
syto	7
omtje	8
nonce	9
dong	10

Band 5

ISBN 978-3-7432-0322-8

Aufregung bei den Vampirschwestern: Oma kommt zu Besuch nach Bistrien! Doch irgendetwas stimmt nicht, denn Oma kann sich plötzlich an nichts mehr erinnern und verwechselt alles Mögliche. Dabei müsste sie sich in der Welt der Vampire doch bestens auskennen – schließlich hat sie zwei waschechte Halbvampire als Enkelinnen. Daka und Silvania müssen unbedingt herausfinden, was mit Oma los ist, bevor noch ein Vampir anbeißt und sie als Mensch entlarvt …

Band 1
ISBN 978-3-7855-8812-3

Band 2
ISBN 978-3-7855-8813-0

Band 3
ISBN 978-3-7855-8814-7

Band 4
ISBN 978-3-7432-0195-8

Silvania und Daka sind Zwillinge –
und echte Halbvampire aus Transsilvanien!
Doch Daka wäre lieber ein Vollblutvampir
und Silvania lieber ein ganz normaler Mensch.
In einem Punkt sind sich die Vampirschwestern allerdings einig:
Ein Leben unter Menschen ist gar nicht so einfach ...

Loewe
Das will ich lesen!